해시태그 문학선

#생태_시

해시태그 문학선

#생태_시

제1판 제1쇄 2021년 12월 15일
제1판 제2쇄 2022년 5월 20일

엮 은 이 이혜원 우찬제
펴 낸 이 이광호
주 간 이근혜
편 집 홍근철 박지현
펴 낸 곳 ㈜문학과지성사
등록번호 제1993-000098호
주 소 04034 서울 마포구 잔다리로7길 18(서교동 377-20)
전 화 02) 338-7224
팩 스 02) 323-4180(편집) 02) 338-7221(영업)
전자우편 moonji@moonji.com
홈페이지 www.moonji.com

ISBN 978-89-320-3937-4 03810

#생태 시

해시태그 문학선

이혜원 · 우찬제 엮음

문학과지성사

해시태그 문학선

해시태그(#)는 소셜 네트워크상의 검색을 편리하게 해주는 기호로 시작되었지만 이제 문화적 상징이 되었다. 같은 관심사를 묶어주는 꼬리표로서의 #는 유력한 주제어를 띄워 올려 네티즌들을 광장으로 끌어내는 문화 현상으로 진화했다.

해시태그 문학선은 우리 시대의 가장 강력한 주제어와 연관된 문학작품들을 선별해 독자들과 공유하고자 한다. 문학작품이라는 '기호hash'를 '묶는다tag'라는 어원 그대로, 하나의 주제어와 연관된 작품들을 선별하고 묶어 소개하고자 한다. 이 주제어들은 우리 사회의 첨예한 문제의식들의 결정체이며, 큐레이션은 그 첨예함을 둘러싼 섬세한 문학적 경험을 제공할 것이다. 수록 작품들의 목록은 문학의 언어가 얼마나 내밀하게 동시대의 뜨거운 문제와 마주하고 있는가를 한눈에 보여주는 무대가 된다.

이 집중된 '#문학'의 무대에 독자 여러분을 초대한다. 개별 작품들은 하나의 주제어에 포섭되지 않지만, 주제어와 문학작품과의 연관을 사유하고 상상하는 작업은 한국문학의 스펙트럼을 보다 깊게 이해하게 만든다. '포스트잇'과 '생각의 타래'는 '#문학'을 둘러싼 심층적인 질문들을 독자 여러분과 함께 나누려는 장치이다.

2021년 11월 2일 영국 글래스고에서 열린 유엔기후변화협약 당사국총회COP26에 배우 리어나도 디캐프리오가 참석해 관심을 끌었다. 메탄가스 억제의 중요성을 다룬 패널 토론 등에 참여한 그는 세계가 지켜보고 있다며 환경 위기를 엄중히 환기했다. 그의 메시지를 접하며, 자연스럽게 영화 「타이타닉」을 떠올렸다. 1912년 4월 14일 밤에 있었던 침몰 사고를 바탕으로 제임스 카메론 감독이 연출한 이 영화에서, 디캐프리오는 자유로운 영혼을 지닌 화가 '잭'을 연기하며 막강한 재력가의 약혼녀였던 '로즈'(케이트 윈즐릿 분)와 인상적인 로맨스를 형상화했다. 빙산과 충돌해 침몰하는 비극적 아수라와 대조되는 그들의 황홀한 로맨스가 시종 묘한 환각을 불러일으키는 영화였다.

C. 더글러스 러미스는 『경제성장이 안되면 우리는 풍요롭지 못할 것인가』에서 이 타이타닉의 기억을 되살리며, 이제는 엔진을 멈추어야 할 때라고 말한다.* 타이타닉호는 당시 여러 조건 때문에 빙산의 존재를 정확히 알지 못했지만, 현재 지구라는 행성은 머잖아 매우 비극적인 빙산과 충돌할 위기를 안고 있다는 것이다. 그만이 아니다. 세계 도처의 환경 운동가들이 내일이면 늦다고 말한다. 1992년 6월 12일 브라질 리우데자네이루에서 열린 지구정상회의에서 피델 카스트로는 생태 환경의 급격한 악화로 중요한 생물 종 하나가 지구에서 사라질 위험에 처

* C. 더글러스 러미스, 『경제성장이 안되면 우리는 풍요롭지 못할 것인가』, 최성현·김종철 옮김, 녹색평론사, 2011.

해 있으며, 그것은 바로 '인간'이라고 했다. 멈추기에 너무 늦은 시점에 이르러서야 이 문제를 인지했으니, 내일이면 더욱 늦다고 말이다.

그렇다. 내일이면 너무 늦다. 오늘 당장 적색을 녹색으로, 녹색을 더 녹색으로 바꾸기 위한 실질적인 모색과 실천이 요긴하다. 코로나19 재난을 겪으면서 이미 우리는 절감하지 않았던가. 당장 실천하지 않으면 인간이라는 생물 종이 진짜 멸종할 수도 있다는 위기를 말이다. 산업화 이후 우리 시인들과 작가들은 누구보다 먼저 그 위기를 예감하고 아파하며 호소하고 환기하는 상상력을 펼쳐왔다. 기후 정의, 환경 정의를 향한 문학 상상력의 프리즘을 여기 해시태그 문학선_생태에 모았다. 지구 환경 파괴를, 인간의 멸종을 어떻게 하면 늦기 전에 막을 수 있을까? 이런 질문 속에서 공멸이 아닌 공생의 가능성을 간절하게 모색하는 문학 상상력의 지평으로 위험에 처한 당신들을 초대한다. 그 위험을 결코 외면하지 않겠다는 결연한 의지를 지닌 당신, 오늘 당장 뭐라도 해야겠다고 다짐하는 당신, 미래 세대에게 더 이상 빚지지 않겠다고 결심하는 당신, 빙산을 향해 질주하는 타이타닉호의 엔진을 멈추고 안전한 쪽으로 돌리겠다는 당신에게 간절한 '지구의 목소리'를 전한다.

차례

1부

문명의 그늘

유리 속의 폭풍

구름이 푸른 갈기를 휘날리면서 전신주를 꺾는다.
흰 기둥들은 꺾인 채 완강하게 서 있고,
전선들은 끊어진 채 전신주와 구름 사이를 토막토막 잇고 있다.
그 아래 어두운 건물들의 덩어리가 뭉쳐진 채 솟아오른다.

신호등 아래서, 솟아오르는 은사시나무의 윗가지 너머
푸른 신호등이 건너편 인도 위로 켜지길 기다린다.
푸르고 노란, 또는 남빛의, 검은 차들은
은사시나무 새로 솟는 윗가지 위로 솟아오르는 소리만 뒤섞으며
나의 앞을 어지럽게, 어디론가 내가 가야 할 곳으로
또는 결코 가볼 수 없는 곳으로
또는 그런 곳들로부터 와선 또 어디론가로 가버린다.
나는 기다려야 한다. 푸른 신호등이 켜질 때까지는 어쩔 수 없이
길 건너 온통 거울로 벽을 바른 금융회사 6층 건물의
거울 속에 비쳐 있어야 한다. 폭풍의 구름 아래
솟아오르는 어두운 건물들의 덩어리 아래

너무 어두워 이쪽에선 보이지 않지만
나는 조그만 덩어리로 비쳐 있어야 한다.

구름의 갈기가 뒤섞이면서 전신주가 꺾인다.
심상치 않은 폭풍이 오려나 보다.
내가 길을 건너갈 때에도 솟아오르는 어두운 건물의 덩어리 아래로
나는 보이지 않고 검기만 한 그 속에
푸른 신호등만이 켜져 있다.
푸른 신호등 아래 은사시나무 가로수와 나는 안 보인다.
다만 빨리 건너가야 할 뿐이다. 건너가서 재빨리
저 유리를 빠져나가야 할 뿐이다.
나는 그 속에 없는 거나 마찬가지다.
내 눈에 내가 안 보였으니까. 그리고 나는
모든 것을 휘젓는 폭풍을 그 속에서 보았으니까.

이하석, 『고추잠자리』(1997)

철새와 함께

친구의 집을 찾아
새로 생긴 아파트의 숫자를 보고 가노라면
이렇게 달라진 모습 속에 덜미 찬 겨울바람
언덕 아래 집도 헐리고 뜰에 섰던 느티나무
때에 정정亭亭함도 저렇게 초라한 네 모습 위로
흙을 실어 나르는 트럭들이 쉴 사이 없이
먼지를 흩뿌리며 지나간다
번영은 저 뿌연 먼지를 뚫고 오리라지만
저무는 소리들은 저곳에서도 있는지
어둠 속으로 끝없이 잘려 사라지는 길들
어디 갔나, 그 친구 이 공사판에서도 찾을 길 없고
바라보며 흐릿한 한강
지난겨울 내내 돌아가지 못한 한 마리
철새와 함께
저 서릿발 물살 손잡고 봄맞이 갔나

김명인, 『동두천』(1979)

밑그림

봉천동 산허리
슬레이트 집에
남편은 집 짓는 데 막일을 갔다 오고
아내는 난전에서 푸새를 팔았다
늦저녁을 지어 먹고
단칸방에 앉아
아내는 불빛 아래 양말을 기우고
남편은 꽁초를 피워 물었다
"세월이 참 빨리 지나가지요.
서울 온 지 벌써 15년이니……"
흐린 눈 가누어 실파람 꿰며
아내가 혼잣말로 말문을 열자
남편이 말없이 턱수염을 비빈다

그로부터 10년이 지나갔구나
봉천동 산허리 슬레이트 집 자리에
거대한 재개발 아파트가 들어섰다
여기 살던 가족들 어디로 갔나
그 소식 아는 자 아무도 없고

재개발 아파트 낙성식 자리
둥그런 애드벌룬 높이 떴는데
서울 하늘은 황사로 흐려 있다

김명수, 『바다의 눈』(1995)

물의 소리

해초처럼 흐느적거리는
산과 들과 나무와 하늘 사이로
보라 황막한 땅 위의 풍경을

안타깝게 날개를 퍼덕이며 새들은 날고
네발로 거북하게 짐승들은 달리고
바퀴를 굴려 가는 자동차와
바람 속을 떠다니는 비행기들
사람들은 위태롭게 두 발로 걸으며

끝없는 갈증을 술로 빚어 마시고
물을 모방하여 신神을 만들고
석유를 파내어 물을 배반하고
낮에는 살을 움직여 얼굴로 웃고
밤에는 둘씩 만나 어색한 장난을 하고
더럽혀진 몸뚱이를 다시 물로 씻는다

버림받은 금속의 종족들이여
물기 없는 시간의 불을 피우고

썩어가는 손끝에 침 발라 돈을 세며
평생을 그 곁에서 불충족하라
더욱 많은 죽음을 괴로워하라
물의 축복은 베풀어지지 않는다

김광규, 『우리를 적시는 마지막 꿈』(1979)

물증物證

아프리카 탕가니카호湖에 산다는
폐어肺魚는 학명이 프로톱테루스 에티오피쿠스
그들은 폐를 몸에 지니고도
3억만 년 동안 양서류로 진화하지 않고
살고 있다 네 발 대신
가느다란 지느러미를 질질 끌며
물이 있으면 아가미로 숨 쉬고
물이 마르면 폐로 숨을 쉬며
고생대 말기부터 오늘까지 살아
어느 날 우리나라의 수족관에
그 모습을 불쑥 드러냈다
뻘 속에서 4년쯤 너끈히 살아 견딘다는
프로톱테루스 에티오피쿠스여 뻘 속에서
수십 년 견디는 우리는
그렇다면 30억만 년쯤 진화하지 않겠구나
깨끗하게 썩지도 못하겠구나

오규원, 『사랑의 감옥』(1991)

광화문, 겨울, 불꽃, 나무

해가 졌는데도 어두워지지 않는다
겨울 저물녘 광화문 네거리
맨몸으로 돌아가 있는 가로수들이
일제히 불을 켠다 나뭇가지에
수만 개 꼬마전구들이 들러붙어 있다
불현듯 불꽃나무! 하며 손뼉을 칠 뻔했다

어둠도 이젠 병균 같은 것일까
밤을 끄고 휘황하게 낮을 켜놓은 권력들
내륙 한가운데에 서 있는
해군 장군의 동상도 잠들지 못하고
문 닫은 세종문화회관도 두 눈 뜨고 있다

엽록소를 버린 겨울나무들
한밤중에 이상한 광합성을 하고 있다
광화문은 광화문光化門
뿌리로 내려가 있던 겨울나무들이
저녁마다 황급히 올라오고
겨울이 교란당하고 있는 것이다

밤에도 잠들지 못하는 사람들

광화문 겨울나무 불꽃나무들

이문재, 『제국호텔』(2004)

제3의 생명체들

갈대숲 으슥한 곳 비둘기 무리들의 떼죽음 장면

저건 필시 사람들의 잘못으로 생긴 일 같은데

하긴 이미 벌어진 일은 어쩔 수 없겠으나

저마다 자신이 옳거나 옳아야 한다고 주장하거나 생각하는 님들이여

누천년에 걸쳐 지구를 과도하게 일그러뜨린 존재는 누구입니까

저들입니까 그들입니까 당신입니까 나입니까 아니면 최소한의 질서조차

짓밟아버림으로써 마침내 궤멸할밖에 없었던 제3의 생명체들이옵나이까

장영수, 『푸른빛의 비망록』(2015)

오물이 자살했다

경찰관이 와서 눈을 까뒤집자
오물의 눈동자엔 오물이 가득했다

오물의 눈동자가 상영하는 영화를 잠깐 보기로 했다

그녀가 담아온 엄마의 얼굴은 쥐였다
그녀가 담아온 아빠의 얼굴은 사냥꾼이었다
사냥꾼은 장마가 한창인 상냥한 거리에서 총을 들고 쥐를 쫓았다
밤에는 쥐 이빨이 긁아떨어진 사냥꾼의 콧구멍을 쏠아대었다

오물은 거리를 매만지고 온 빗물침오줌똥가래의 꿈을 꾸었다
베스트 프렌드 A는 얼굴에 토사물을 싸고 갔다
베스트 프렌드 B는 입에 침을 뱉고 갔다
베스트 프렌드 CDE는 면상에 담뱃불을 날렸다

구둣발에 진득하게 오물이 들러붙는 밤

언제 오물은 이 세상을 넘어가기로 맘을 먹었을까?

오물은 오염된 시간을 머플러처럼 풀어 철봉의 목에 감았다
꾸역꾸역 놀이터로 시선의 똥오줌들처럼 오물이 진격해 들어왔다
오물에서 오물의 영혼처럼 투명한 김이 올라왔다

오물은 거짓말쟁이뚜쟁이양아치도둑음란한년!
가까이 하면 냄새가 옮아, 저년과 떨어져!

프렌드들이 오물의 귀를 방아쇠처럼 당기면 오물이 얼굴에 튀었다

오물의 면상과 양쪽 엄지발가락으로 오물이 주삿바늘로 주입되었다

찰랑찰랑 오물의 너울이 창가로 몰려드는 밤
출렁출렁 더럽게 큰 새들의 더 더럽게 더 큰 날개가 온 세상을 가득 덮어버리는 밤
버스의 차창 밑에서부터 행인들의 목까지 오물이 차오르는 밤

오물은 쭈글쭈글 이 세상이 싫었다

오물은 현기증 나는 낭떠러지를 만나면 아주 좋았다

오물은 오늘 밤 온몸으로 오물이 차오르는 걸 그냥 내버려두었다
수령의 오물들이 고고의 성을 무한하게 내질렀다

단지 강가에 매어놓은 작은 보트처럼 몸을 이리저리 움직였을 뿐인데
이렇게 금속의 영혼 같은 색깔이 꾸역꾸역 몰려나오다니
자꾸만 커지다니

동물과 식물과 사물들과 친구들의 테두리가 다 터져버리다니
집을 땅속에 묻어야 하나 땅을 땅속에 묻어야 하나

눈을 떠도 감아도 수은 빛 환한 오물이
보이지도 않는 방사능 같은 오물이

김혜순, 『피어라 돼지』(2016)

거리에서

내 몸의 사방에 플러그가
빠져나와 있다
탯줄 같은 그 플러그들을 매단 채
문을 열고 밖으로 나온다
비린 공기가
플러그 끝에 주렁주렁 매달려 있다
곳곳에서 사람들이
몸 밖에 플러그를 덜렁거리며 걸어간다
세계와의 불화가 에너지인 사람들
사이로 공기를 덧입은 돌들이
둥둥 떠다닌다

이원, 『그들이 지구를 지배했을 때』(1996)

밤의 고속도로

바퀴 달린 것들이 소리를 지를 때
창문을 흔들며
무엇을 운반하는가

고속도로는 검은 채찍 같다
채찍 속으로 말려들어가는 빛, 빛,
빛의 그림자들처럼
세계의 난간이 나타났다, 사라졌다

누군가 난간처럼 서 있었다
그것은 사람이 아니었을지도 모른다

김행숙, 『에코의 초상』(2014)

포스트잇

자연은 오랫동안 인간을 압도하는 미지의 영역으로 남아 있었지만, 근대 산업 시대 이후 사정은 많이 달라진다. 다양한 산업을 지탱하는 원료이자 에너지 자원으로서 착취의 대상이 된 것이다. 근대의 산업구조는 더 많은 물건을 더 싼값에 생산해 이윤을 극대화하려는 자본주의와 결합하면서 자연과 생명까지 극단적으로 통제해왔다. 가령 오늘날 우리가 먹는 닭은 공장식 축사에서 꼼짝도 못 하는 상태로 자라 '고기'로서 식탁에 오른다. 이런 자본주의적 생산방식이 지구 전체의 생명을 훼손하고 멸종시키는 위험을 초래했다는 점에서 1400년대 이후의 지질시대를 자본세 Capitalocene로 명명해야 한다*는 주장이 있을 정도로, 인간이 자연에 끼쳐온 영향은 크다.

자연과 인간의 조화를 중시하는 생태 시에서 자연을 희생시키며 인간이 이룩해온 문명은 부정적으로 그려진다. 문명의 상징과도 같은 건축물은 인류의 욕망과 능력을 가시적으로 보여주는 구조물이다. 종교의 권위가 최고조에 이르렀던 중세에 종교적 건축물이 가장 크고 화려했다면, 자본주의가 지배하는 오늘날에는 금융회사나 대기업의 빌딩이 가장 높고 빛난다. 이하석의 「유리 속의 폭풍」에 등장하는 빌딩도 "온통 거울로 벽을 바른 금융회사" 건물이다. 유리 소재의 건물은 최첨단 기술과 자본의 산물이지만 지나치게 매끄럽게 빛나서 어쩐지 부담스럽고 위압감을 준다. 더구나 이 시에서 묘사되는 "모든 것을 휘젓는 폭풍"

* 라즈 파텔 · 제이슨 W. 무어, 『저렴한 것들의 세계사』, 백우진 · 이경숙 옮김, 북돋움, 2020, 18쪽.

은 그 건물을 위험천만한 무기처럼 느껴지게 만든다. 아파트는 어떤가? 우리나라는 아파트 공화국이라 할 만큼 아파트가 많다. 김명인의 「철새와 함께」에서 화자는 새로 생긴 아파트 때문에 완전히 달라진 동네에서 길을 잃고 헤맨다. "뿌연 먼지를 뚫고 오리라"는 "번영"과, "어둠 속으로 끝없이 잘려 사라지는 길들"의 대비가 선명하다. 김명수의 「밑그림」에서는 산동네가 헐리고 거대한 아파트 단지가 들어서면서 소외되는 사람들이 그려진다. 화려한 그림에 가려서 잊히는 "밑그림"처럼, 가난한 사람들은 도시 개발에 희생되어 자취조차 없다. "애드벌룬"이 상징하는 과장된 희망에 비해 "황사"로 뒤덮인 이곳의 전망은 그리 밝지 않아 보인다.

문명의 번영은 인간의 한계를 뛰어넘는 수많은 발명품을 낳고 풍요로운 생활을 가능하게 했으나, 그만큼 지구의 생명 망web of life에 짙은 그늘을 드리우게 되었다. 김광규의 「물의 소리」에서 인류는 "끝없는 갈증"과도 같은 탐욕으로 지구를 황폐하게 만들고도 물신주의의 욕망에서 벗어나지 못한다. 오규원의 「물증」에서 탐욕으로 가득한 인간 세계는 벗어날 수 없는 "뻘 속"으로 묘사된다. 3억만 년 동안 뻘 속에 갇혀 진화하지 못한 채 발견된 폐어처럼, 인류 역시 현재 삶의 방식에서 벗어나지 못한다면 30억만 년쯤이나 탁한 뻘 속에 갇혀 지내게 될 것으로 예측된다. 인간 중심의 과도한 욕망은 자연의 질서를 흔들고 생태계를 심각하게 교란하는 부작용을 낳는다. 이문재의 「광화문, 겨울, 불꽃, 나무」에서는 겨울나무를 밝히는 꼬마전구가 나무의 생리를 얼마나 혼란스럽게 하는지 보여주며 문명의 명과 암을 느끼게 한다.

시인은 누구보다 여리고 예리한 감성을 지녔다 해서 흔히 '잠수함의 토끼'에 비유된다. 산소 농도가 떨어지는 것을 가장 먼저 감지하고 반응하는 토끼처럼, 인류 문명의 거대한 잠수함에 위험 신호를 보내는 시인들이 있다. 장영수는 「제3의 생명체들」에서 "비둘기 무리들의 떼죽음 장면"을 보며 "누천년에 걸쳐 지구를 과도하게 일그러뜨린 존재는 누구입니까"라고 질문한다. 다른 생명체를 희생시키며 위험한 문명의 진보를 추구해온 인간에게 책임을 묻는 것이다. 김혜순은 「오물이 자살했다」에서 "오물"로 지칭되며 천대받는 존재가 결코 세상 밖으로 배제될 수 없는 공동의 생명체라는 성찰을 보여준다. "동물과 식물과 사물들과 친구들" 사이에 "테두리"를 치고 차별하는 행위의 문제점과, 그 테두리가 터져버렸을 때의 위험성이 섬뜩하게 다가온다. 이원의 「거리에서」에는 사이보그를 연상시키는 미래 사회의 인류가 등장한다. "비린 공기"가 가득한, 악화된 환경과 "세계와의 불화가 에너지인 사람들"의 모습에서 미래에 대한 어두운 전망을 살필 수 있다. 김행숙의 「밤의 고속도로」에서는 과속으로 질주하는 문명을 "고속도로는 검은 채찍 같다"라는 비유로 함축한다. 무엇을 운반하는지도 모르는 채, 어디로 향하는지도 모르는 채 무작정 달려가는 인류의 미래를 멀리서 조망하는 시선이 서늘하다. 지금 우리가 함께 타고 있는 지구라는 거대한 잠수함에는 산소가 충분할까? 시인들의 근심 어린 시선을 따라가보자.

생각의 타래

1. 「철새와 함께」에서 "돌아가지 못한 한 마리 / 철새"가 상징하는 것은 무엇일까?

2. 「물의 소리」에서 "물"과 대조되는 이미지들을 찾아 그 생태학적 의미를 생각해보자.

3. 「광화문, 겨울, 불꽃, 나무」에는 온몸을 휘감은 꼬마전구들이 켜져서 "밤에도 잠들지 못하는" 겨울나무가 등장한다. 이처럼 문명이 자연의 질서를 교란하는 현장을 목격한 경험을 말해보자.

4. 「제3의 생명체들」에서 "갈대숲 으슥한 곳 비둘기 무리들의 떼죽음 장면"에 대해 "저건 필시 사람들의 잘못으로 생긴 일 같"다고 하는 이유는 무엇일까?

5. 「오물이 자살했다」에 나오는 "오물"은 어떤 존재일까? 그렇게 생각하는 이유를 설명해보자.

6. 「밤의 고속도로」에서 "누군가 난간처럼 서 있었다 / 그것은 사람이 아니었을지도 모른다"라는 말의 의미는 무엇일까? 이 장면에 대해 상상을 더해서 자세히 설명해보자.

2부

훼손된 자연

들판이 적막하다

가을 햇볕에 공기에
익는 벼에
눈부신 것 천지인데,
그런데,
아, 들판이 적막하다—
메뚜기가 없다!

오 이 불길한 고요—
생명의 황금 고리가 끊어졌느니……

정현종, 『한 꽃송이』(1992)

꽃뱀 화석

아침마다 산을 오르내리는 나의
산책은,
산이라는 책을 읽는 일이다.
손과 발과 가슴이 흥건히 땀으로 젖고
높은 머리에 이슬과 안개와 구름의 관冠을 쓰는
색다른 독서 경험이다.
그런데, 오늘, 숲으로 막 꺾어 들기 직전
구불구불한 길 위에
꽃무늬 살가죽이 툭, 터진
꽃뱀 한 마리 길게 눌어붙어 있다.
(오늘은 꽃뱀부터 읽어야겠군!)
쫙 깔린 등과 꼬리에는
타이어 문양,
불꽃 같은 혓바닥이 쬐끔 밀려 나와 있는 머리는
해 뜨는 동쪽을 베고 누워 있다.
뭘 보려는 것일까,
차마 다 감지 못한 까만 실눈을 보여주고 있는
꽃뱀.
온몸을 땅에 찰싹 붙이고

구불텅구불텅 기어 다녀
대지의 비밀을
누구보다도 잘 알 거라고 믿어
아프리카 어느 종족은 신神으로 숭배했단다.
눈먼
사나운 문명의 바퀴들이 으깨어버린
사신蛇神,
사신이여,
이제 그대가 갈 곳은
그대의 어미 대지밖에 없겠다.
대지의 속삭임을 미리 엿들어
숲속 어디 은밀한 데 알을 까놓았으면
여한도 없겠다.
돌아오는 길에 보니,
부서진 사체는 화석처럼 굳어지며
풀풀 먼지를 피워 올리고 있다.
산책, 오늘 내가 읽은
산이라는 책 한 페이지가 찢어져
소지燒紙로 화한 셈이다.

햇살에 인화되어 피어오르는
소지 속으로,
뱀눈나비 한 마리 나풀나풀 날아간다.

고진하, 『얼음수도원』(2001)

바퀴벌레는 진화 중

믿을 수 없다, 저것들도 먼지와 수분으로 된 사람 같은 생물이란 것을. 그렇지 않고서야 어찌 시멘트와 살충제 속에서만 살면서도 저렇게 비대해질 수 있단 말인가. 살덩이를 녹이는 살충제를 어떻게 가는 혈관으로 흘려보내며 딱딱하고 거친 시멘트를 똥으로 바꿀 수 있단 말인가. 입을 벌릴 수밖엔 없다, 쇳덩이의 근육에서나 보이는 저 고감도의 민첩성과 기동력 앞에서는.

사람들이 최초로 시멘트를 만들어 집을 짓고 살기 전, 많은 벌레들을 씨까지 일시에 죽이는 독약을 만들어 뿌리기 전, 저것들은 어디에 살고 있었을까. 흙과 나무, 내와 강, 그 어디에 숨어서 흙이 시멘트가 되고 다시 집이 되기를, 물이 살충제가 되고 다시 먹이가 되기를 기다리고 있었을까. 빙하기, 그 세월의 두꺼운 얼음 속 어디에 수만 년 썩지 않을 금속의 씨를 감추어가지고 있었을까.

로보트처럼, 정말로 철판을 온몸에 두른 벌레들이 나올지 몰라. 금속과 금속 사이를 뚫고 들어가 살면서 철판을 왕성하게 소화시키고 수억 톤의 중금속 폐기물을 배설하면서 불쑥불쑥 자라는 잘 진화된 신형 바퀴벌레가 나올지 몰라. 보이지 않는 빙하기, 그 두껍고 차가운 강철의 살결 속에 씨를 감추어둔 채 때가 이르기를 기다리고 있을지 몰라. 아직은 암회색 스모그가 그래도 맑고 희고, 폐수가 너무 깨끗한 까닭에 숨을 쉴 수가 없어 움직이지 못하고 눈만 뜬 채 잠들어 있는지 몰라.

김기택, 『태아의 잠』(1991)

뒤쪽 풍경 1

폐차장 뒷길, 석양은 내던져진 유리 조각
속에서 부서지고, 풀들은 유리를 통해 살기를 느낀다.
밤이 오고 공기 중에 떠도는 물방울들
차가운 쇠 표면에 엉겨 반짝인다,
어둠 속으로 투명한 속을 열어놓으며.
일부는 제 무게에 못 이겨 흘러내리고
흙 속에 스며들어 풀뿌리에 닿는다,
붉은 녹과 함께 흥건한 녹물이 되어.
일부는 어둠 속으로 증발해버린다.
땅속에 깃들인 쇳조각들 풀뿌리의 길을 막고,
어느덧 풀뿌리에 엉겨 혼곤해진다.
신문지 위 몇 개의 사건들을 덮는 풀. 쇠의 곁을 돌아서
아늑하게, 차차 완강하게 쇠를 잠재우며
풀들은 또 다른 이슬의 반짝임 쪽으로 뻗어나간다.

이하석, 『투명한 속』(1980)

나무고아원 1

지금쯤
노을 아래 있겠다.
그 버려졌던 아이들
절뚝거리는 은행나무
포클레인에 하반신 찍힌 느티나무
왼팔 잘린 버즘나무
길바닥에서 주워다 기른
신갈나무, 팥배나무, 홍단풍
지금쯤
찬 눈 맞으며
들어 올린 팔뚝 내리지도 못하고
검단산 바라보고 섰겠다.

한여름
맑은 쑥대 큰 기름새 사이로
쌀새와 그늘사초 사이로
불쑥불쑥 꽃 피던
은방울꽃 소곤대는 사이로
버림받고 엎어졌던 아이들

지금쯤

바람 부는 솟대 길 지키며

그럭저럭 키만 커서

주워다 붙인 이름표 달고

지금쯤

표정 순하게 강을 보고 있겠다.

창백했던 시간을

강물에 씻으며

최문자, 『나무고아원』(2003)

공해시대와 시인

한국 서울에서 온 세계의 인류의 마음에
이 글을 던진다.
— 1974년 3월 20일.

자궁도 오염되었다.
태아에게 생명을 대는 탯줄의 혈액에서
100밀리리터당 24.3밀리리터의 무서운 납이 검출되었다.
태아가 죽어서 태어나리라.
일본 도쿄에선 100엔짜리 동전을 받고
5리터의 공기와 산소를 팔고 있다.
하늘에서 별들이 사라져간다.
보라, 숨 넘어갈 듯 빛을 잃은 장군별들을.
아우슈비츠의 가스실이 온 세계에 퍼진다.
물질의 핵核이 터지고 광명 아닌 살인광선이 나온다.
죽음의 재가 하늘을 흐른다.
새들이 사라진다.
물속에도 독이 흐른다.
물고기들이 괴어怪魚로 변한다.
우리의 혈액에서 DDT가 나온다.

쌀에서도 수은이 나온다.
독비섯밖엔 뿌리를 박을 식물이 없어진다.

시인은 외친다.
온 인류를 향해 피의 말로 외친다.
허나 오늘날 시인의 소리는 모기 소리보다도 희미하다.
마음에서 마음으로, 마을에서 마을로
그 소리가 퍼지지를 못한다.
시인의 소리를 기계의 굉음이 학살한다.
시인의 소리를 콘크리트 벽이 가로막는다.
뭇 사람의 가슴속엔
이미 콘크리트 벽이 둘러져 있다.
마음과 마음이 별과 별처럼 멀어진다.
고독 아닌 고립이 마음을 지배한다.
그래도 오늘 시인은 외친다.
물질의 공해는 기실 정신의 공해에서 옮은 것이다.
참이 참으로 안 보이고, 빛이 암흑으로 보이고,
미美의 감각이 굳어지고, 허약과 광란이 전형이 된다.

자연이 무진장無盡藏이란 이미 옛말이다.
무진장한 것은 인간의 탐욕이다.
무진장한 인간의 탐욕이 자연의 무진장을 덮어
지구 전체가
폐결핵의 말기 증상을 보이며 객혈喀血하고 있다.

인간이여. 이제 그대의 정신보다 존엄해진
물질의 존엄 앞에서 어찌 모자를 못 벗는가.
'소비가 미덕'이란 표어야말로
20세기의 문명이 인류사에 영원토록 남길
치욕 중의 치욕이 되리니.
그대가 모래알 한 톨인들 만들어낼 수 있는가.
인간이여. 이제 타락한 그대의 정신보다
순수한 물질 앞에 어찌 무릎을 꿇지 못하는가.
아무리 들쑤셔도 심연 같은 침묵으로만 맞서 오는
물질의 표정의 뜻을 어찌 깨닫지 못하는가.

시란 본시 문자로 엮는 글귀만은 아니리니.
시는 바로 정신의 핵.

정신과 물질을 관통하는 전류.
꽃과 바위를, 음악과 괭이를,
그림과 역사를, 구름과 바다를,
흐르는 모든 것과 머무는 모든 것을
혼인시키는 것이 바로 시가 아니더냐.
본시 모든 인간 안엔 시인이 살고 있다.
뭇 사람의 마음속엔 시인이 잠들고 있다.
그대 안에도, 내 안에도 잠들고 있다.
그러나 뭇 사람이 그 시인의 목을 조르는 까닭에
오늘날 시인의 소리는 모기 소리보다도 희미하다.

시란 본질의 날개. 상상력의 원리.
시란 빛을 빛으로, 참을 참으로,
미를 미로 볼 수 있게 하는 것.
나무를 나무로, 개울을 개울로 있게 하는 것.
인간의 마음을 가난한 마음이 되게 하는 것.

시가 사라지고 등장한 것이
바로 인간의 탐욕이 아니더냐.

시가 사라지고 창궐하는 것이
물질의 공해가 아니더냐.
정신의 공해가 아니더냐.

원자탄이 터지고 수소탄이 터진다.
정신의 원자탄은 지금 어디에서 터지고 있느냐?
사랑의 수소탄은 지금 어디에서 잠들고 있기에
터질 줄을 모르느냐?

서울의 하늘 아래서 오늘 시인은 외친다.
세계의 정치가에게 외친다,
그대의 가슴속의 시인을 깨우라고.
세계의 군인에게 외친다,
그대의 가슴속의 시인을 깨우라고.
세계의 과학자에게 외친다,
그대의 가슴속의 시인을 깨우라고.
세계의 실업가實業家에게 외친다,
그대의 가슴속의 시인을 깨우라고.
세계의 온 인류에게 외친다,

그대의 가슴속의 시인을 깨우라고.

뭇 사람의 가슴에서 시인이 깨어날 때
비로소 하늘이 개이고,
물이 맑아지고, 대지가 정淨해지고,
비로소 시인의 소리가 우렁차게 퍼지고,
기계가 소리를 죽이고,
마음과 마음에, 마을과 마을에 길이 뚫리리니.

서울의 하늘 아래서 시인은 외친다.
지금 이 소리가 끝내
모기 소리로 끝나고 말 때,
이 소리는 인류의 멸망을 알리는,
그러나 그 멸망을 막지 못한
슬픈, 피맺힌 예언이 되고 말 것이라고.
그러나 이 소리가
뭇 사람의 마음속에 줄기차게 스며,
뭇 사람의 가슴속에 시인이 소생할 때,
보라, 다시 정화되는 세계.

그때엔 이 소리는 미소하며 슬그머니 사라지고,
뭇 사람의 가슴에서 울려 퍼지는 우렁찬 합창이
세계에 흐르리.

성찬경, 『시간음』(1982)

비오디 피피엠

이 강물은 썩지 않았다.
의심나면 보아라 비오디 피피엠.
소수점 아래 영이 한두 개 더 붙는
언제나 기준치 이하로만 맴도는
이 정밀한 검사 결과를.

강변에는 오늘도
죽은 물고기들 허옇게 떠오르고 있다.
하지만 무슨 걱정인가,
비오디 피피엠은 과학적 사실
물고기는 과학을 뒤집지 못한다.

강변에 사는 주민들도 실은
그게 뭔지 잘 모르는 비오디 피피엠,
모르니 따져볼 흥미도 없는
커다랗게 구멍 뚫린 무관심의 공백 속에
면죄부처럼 활개 치는 비오디 피피엠.

그래야 경제가 발전한다,

비오디 피피엠.
물보다 물 사 먹을 돈이 더 좋다,
비오디 피피엠.
몽골 샤먼의 진언처럼 주술성이 강한
비오디 피피엠의 마취 효과.
물고기는 죽거나 말거나
중금속 폐수에 맹독성 농약과 개숫물
지천으로 흘러들거나 말거나
비오디 피피엠은 끄떡없이 버틴다.
이 강물은 썩을 리 없다.

이형기, 『죽지 않는 도시』(1994)

지구

달 호텔에서 지구를 보면 우편엽서 한 장 같다. 나뭇잎 한 장 같다. 훅 불면 날아가버릴 것 같은, 연약하기 짝이 없는 저 별이 아직은 은하계의 오아시스인 모양이다. 우주의 샘물인 모양이다. 지구 여관에 깃들여 잠을 청하는 사람들이 만원이다. 방이 없어 떠나는 새·나무·파도·두꺼비·호랑이·표범·돌고래·청개구리·콩새·사탕단풍나무·바람꽃·무지개·우렁이·가재·반딧불이…… 많기도 하다. 달 호텔 테라스에서 턱을 괴고 쳐다본 지구는 쓸 수 있는 말만 적을 수 있는 엽서 한 잎 같다.

박용하, 『영혼의 북쪽』(1999)

놀란 강

강물은 몸에
하늘과 구름과 산과 초목을 탁본하는데
모래밭은 몸에
물의 겸손을 지문으로 남기는데
새들은 지문 위에
발자국 낙관을 마구 찍어대는데
사람도 가서 발자국 낙관을
꾹꾹 찍고 돌아오는데
그래서 강은 수천 리 화선지인데
수만 리 비단인데
해와 달과 구름과 새들이
얼굴을 고치며 가는 수억 장 거울인데
갈대들이 하루 종일 시를 쓰는
수십억 장 원고지인데
그걸 어쩌겠다고?
쇠붙이와 기계 소리에 놀라서
파랗게 질린 강.

공광규, 『말똥 한 덩이』(2008)

포스트잇

플라스틱 쓰레기가 배 속에 가득 든 채 죽어 있는 바다거북이나, 바다를 떠도는 거대한 플라스틱 섬을 찍은 사진을 본 적이 있는가? 이는 우리의 일상 곳곳에서 편리하게 사용되는 플라스틱이 생각지도 못한 먼바다까지 흘러들어가 많은 바다 생물의 생존을 위협하고 있다는 증거다. 갈수록 심해지는 기후 위기나 대기오염도 지구의 생명체를 급감시키고 있다. 이런 추세가 계속되어 생물 다양성이 심각하게 훼손된다면 인간에게는 어떤 일이 벌어질까? "사라지거나 거의 멸종 직전에 이르는 종이 더 많아질수록, 생존자의 멸종도 가속한다."* 즉 다른 생물에게 닥친 위기는 곧바로 인간의 위기로 이어지게 된다는 것이다.

정현종의 「들판이 적막하다」에서는 메뚜기가 없는 들판에서 "불길한 고요"를 감지한다. 먹이사슬의 한쪽 고리가 끊어지면 다른 개체에 영향을 끼치고 전체적인 균형이 깨지게 되기 때문이다. 이 시의 화자는 가을 들판의 메뚜기를 애써 일군 농사를 망치는 해충이 아니라 "생명의 황금 고리"를 이루는 생명 공동체의 일원으로 보고 있다. 산허리를 깎아가며 만든 도로는 인간에게는 편리하지만, 동물들에게는 목숨을 걸고 건너야 할 위험천만한 길이 된다. 고진하의 「꽃뱀 화석」에서는 산길에서 자동차에 치인 뱀의 흔적을 자세히 묘사한다. "사나운 문명의 바퀴들이 으깨어버린 / 사신"에서 인간이 다른 생물에게 얼마나 심각한 폭력을 가하는 존재인지가 선명하게 드러난다. 생물 다양성의 균형이

* 에드워드 윌슨, 『지구의 절반』, 이한음 옮김, 사이언스북스, 2017, 32쪽.

깨진 미래는 어떤 모습일까? 아마도 약한 생물들은 거의 사라진 채 강하고 독한 생물들만 살아남게 되지 않을까? 김기택의 「바퀴벌레는 진화 중」을 통해 상상해볼 수 있다. “금속과 금속 사이를 뚫고 들어가 살면서 철판을 왕성하게 소화시키고 수억 톤의 중금속 폐기물을 배설하면서 불쑥불쑥 자라는 잘 진화된 신형 바퀴벌레” 같은 생물들만 살아남은 지구는 삭막하기 그지없다.

인간의 무분별한 개발과 착취로 희생되는 자연은 동물뿐이 아니다. 이하석의 「뒤쪽 풍경 1」에서는 폐차장 뒷길의 황폐한 풍경을 그리고 있다. 온갖 쓰레기로 가득한 폐차장에 돋아난 풀에게 유리 조각과 쇳조각은 너무 날카롭고 위험해 보인다. 오래된 아파트를 재건축할 때 수십 년 된 커다란 나무들은 어떻게 될까? 놀랍게도 하루아침에 다 베어버리고 상징적으로 한 그루만 ‘나무고아원’에 옮겨 심는다고 한다. 최문자의 「나무고아원 1」에서는 재개발로 원래의 터전을 잃은 나무들의 사연을 서정적으로 그려낸다.

나무들이 마시는 물이 썩었다면, 동물들이 숨 쉬는 공기가 오염되었다면, 이들의 생명은 근본적으로 위험에 노출될 수밖에 없다. 생물 다양성을 유지하고 지구 생태를 보존하기 위해서는 동식물뿐 아니라 물, 공기, 토양 등의 자연도 생명 공동체로 받아들이는, 좀더 근본적인 생각의 전환이 필요하다. 성찬경의 「공해시대와 시인」은 환경오염의 심각성을 거론한 선구적인 작품이다. 산업화 시대 초기에 쓰인 시이지만, 마치 오늘날의 위기 상황을 예언한 듯 사실적이면서도 긴박감이 넘친다. 성장 위주의 개발이 가져올 생태 파괴의 위험성을 명료하게 예측하고 강력하게 경고하는 이 시의 메시지가 여전히 유효해 보인다. 이형기의 「비오디 피피엠」에서는 수질오염으로 죽어가는 물고기와 과학적 수치 사이의 괴리를 날카롭게 지적한다. 강물에 죽은 물고기들이 허옇게 떠오르는 명백한 현실에도 불구하고 수질 검사 수치만을 내세우며 면죄부를 받으려 하는 인간의 탐욕이 생명 공동체를 훼손하는 원인이라는 것을 알 수 있다.

지구가 하나의 생명 공동체라는 사실은 지구를 멀리서 바라볼 때 좀더 확실하게 드러난다. 박용하의 「지구」는 달에서 바라본 지구의 모습을 그리고 있다. "나뭇잎 한 장"으로 표현된 지구는 연약하기 그지없으면서도 아름다워 보인다. 저 '창백한 푸른 점'* 은 "우주의 샘물"과도 같아서 많은 생명이 깃들여 살아간다. 그렇지만 "지구 여관"에서 방을 얻지 못해 떠나가는 생물들도 많다. 인간의 과도한 개발은 지구의 생태를 지속적으로 파괴해왔다. 공광규의 「놀란 강」은 갑작스러운 개발로 본래의 모습을 잃어버릴 위기에 처한 "강"의 충격을 의인화해 실감 나게 표현한다. 새와 갈대뿐 아니라 사람과 구름과 해와 달이 편안히 머물던 강이 어떻게 변할지 불길한 예감이 든다.

지구 밖에서 지구를 바라본 우주인들은 하나같이 지

* 지구를 '창백한 푸른 점'으로 지칭한 칼 세이건은 "지구는 현재까지 생물을 품은 유일한 천체로 알려져 있다. 우리 인류가 이주할 곳—적어도 가까운 장래에—이라고는 달리 없다. 방문은 가능하지만 정착은 아직 불가능하다. 좋건 나쁘건 현재로서는 지구만이 우리 삶의 터전인 것이다"(『창백한 푸른 점』, 현정준 옮김, 사이언스북스, 2001, 27쪽)라며 지구를 소중히 보존해야 하는 인간의 책임을 강조한다.

구의 특별한 아름다움을 깨닫고 가치관이 뒤바뀌는 경험을 했다고 한다. 지구라는 생명 공동체와 오랫동안 함께 살기 위해서는 지구 전체를 바라보고 생각하는 관점의 변화가 필요할 것이다.

생각의 타래

1. 「들판이 적막하다」에서는 들판에 메뚜기가 없는 것을 보고 왜 "생명의 황금 고리가 끊어졌"다고 표현했을까? 자신이 생각하는 '생명의 황금 고리'는 무엇인지에 대해서도 말해보자.

2. 차를 타고 가다 로드 킬 당한 동물들을 본 적이 있는가? 그때의 느낌에 대해 말해보고, 로드 킬을 방지하기 위한 방법을 조사해보자.

3. 「뒤쪽 풍경 1」의 "폐차장 뒷길"처럼 자연이 훼손된 풍경을 찾아 그 모습을 자세히 묘사해보자.

4. 「공해시대와 시인」에 나오는 "공해"와 "시인"의 특성을 비교해보자.

5. 「지구」의 “지구는 쓸 수 있는 말만 적을 수 있는 엽서 한 잎 같다”라는 구절에서 지구를 엽서로 비유한 이유는 무엇일까?

6. 「놀란 강」에서 “쇠붙이와 기계 소리”가 바꾸어놓을 강의 모습을 상상해 시적으로 묘사해보자.

3부

인류의 위기

공장 지대

무뇌아를 낳고 보니 산모는
몸 안에 공장 지대가 들어선 느낌이다.
젖을 짜면 흘러내리는 허연 폐수와
아이 배꼽에 매달린 비닐 끈들.
저 굴뚝들과 나는 간통한 게 분명해!
자궁 속에 고무 인형 키워온 듯
무뇌아를 낳고 산모는
머릿속에 뇌가 있는지 의심스러워
정수리 털들을 하루 종일 뽑아댄다.

최승호, 『세속도시의 즐거움』(1990)

이제 이 땅은 썩어만 가고 있는 것이 아니다

봄이 되어도 꽃이 붉지를 않고
비를 맞고도 풀이 싱싱하지를 않다.
햇살에 빛나던 바위는 누런 때로 덮이고
우리들 어린 꿈으로 아롱졌던 길은
힘겹게 고개에 걸려 처져 있다.
썩은 실개천에서 그래도 아이들은
등 굽은 고기를 건져 올리고
늙은이들은 소줏집에 모여 기침과 함께
농약으로 얼룩진 상추에 병든 돼지고기를 싸고 있다.
한낮인데도 사방은 저녁 어스름처럼 어둡고
골목에는 고추잠자리 한 마리 없다.
바람에서도 화약 냄새가 난다.
종소리에서도 가스 냄새가 난다.

왜 이렇게 되었는가, 언제부터 이렇게 되었는가.
꽃과 노래와 춤으로 덮였던 내 땅
햇빛과 이슬로 찬란하던 내 나라가
언제부터 죽음의 고장으로 바뀌었는가.
번쩍이며 흐르던 강물이 시커멓게 썩어

스스로 부끄러워 몸을 비틀고
입술을 대면 꿈틀대며 일어서던 흙이
몸 가득 안은 죽음과 병을 숨기느라
웅크리고 도사리고 쩔쩔매게 되었는가.
언제부터 죽음의 안개가 이 나라의
산과 들을 덮게 되었는가.
쓰레기와 오물로 이 땅이 가득 차게 되었는가.

우리는 너무 허둥대지 않았는가.
잘살아보겠다고 너무 서두르지 않았는가.
이웃과 형제를 속이고 짓밟고라도
잘살아보겠다고 너무 발버둥 치지 않았는가.
그래서 먼 나라 남이 버린 것까지 들여다가
목숨을 빼앗는 것이라 해서 이미 버릴 데가 없어
쩔쩔매던 것까지 몰래 들여다가
이웃의 돈을 울궈내려 하지는 않았는가.
몇 푼 돈 거둬들이고 울궈내는 재미에
나라는 장사꾼과 한통속이 되어
이 땅을 쓰레기장으로 만들지는 않았는가.

이 나라를 온갖 찌꺼기
모으는 곳으로 만들지는 않았는가.

우리는 안다, 썩어가고 있는 곳이
내 나라만이 아니라는 것을.
죽어가고 있는 것이 내 땅만이 아니라는 것을.
저 시베리아의 얼음 벌판에 내리는 눈에도
사람의 눈을 멀게 하는 산이 섞여 있고
아프리카 깊은 원시림 외진 강에서도
눈이 하나뿐인 고기가 잡힌다는 것을.
미시시피 강가의 한 마을에서는
목뼈가 없는 아기가 줄 이어 태어나고
외국 군대가 진을 치고 있는
옛날엔 천국이 따로 없다던 남태평양의 섬에서도
에이즈와 암으로 사람들이 죽어가고 있다는 것을.

뿌옇게 지구를 감고 있는
연기와 먼지는 드디어
온통 이 세상을 겨울도 봄도 여름도 없는,

삶도 죽음도 아닌 세상으로 만들어버렸다는 것을.
연옥도 지옥도 아닌 버려진 땅으로 만들었다는 것을.
돈에 눈이 멀어 허둥댄 것이 우리만이 아니란 것을.

그러나 그것도 이미 좋았던 시절의 얘기다.
지금 지구는 언제 폭발해 저 자신을
잿더미로 만들지 모를 핵으로 가득 차 있다.
핵은 우리들 모두의 머리 위에서,
우리들의 발밑에서, 우리들의 등 뒤에서,
죽음의 입김을 서서히 내뿜으면서
그 음험한 눈으로 우리를 노리고 있다.
보라, 삼천리 그 가운데서도 남쪽 반
이 좁은 땅덩어리 속에서만도 많은 핵 발전소가
돈이 덜 든다는 구실 아래
곳곳에 도사려 우리를 집어삼킬
채비를 서두르고 있지 않은가.
또 저 북녘 굶주린 땅에서도
전쟁을 막는다는 핑계로 쌓인 핵들이
단숨에 백두에서 한라까지 죽음의 재로 덮을

음모를 꾸미고 있지 않은가.
어리석은 불장난에 쓰이고 있지 않은가.

이제 이 땅은 썩어만 가고 있는 것이 아니다.
이제 이 지구는 죽어만 가고 있는 것이 아니다.
내 땅 내 나라, 아니 온 세계가 이제
단숨에 흔적도 없이 날아가버릴
마침내 그 벼랑에까지 와 서 있다.

신경림, 『어머니와 할머니의 실루엣』(1998)

생명체에 관하여

1

모태 속에서 세상 소식 모른 채
나날이 자라난 도모코는 생명체
하느님 보시기에 좋았을까요

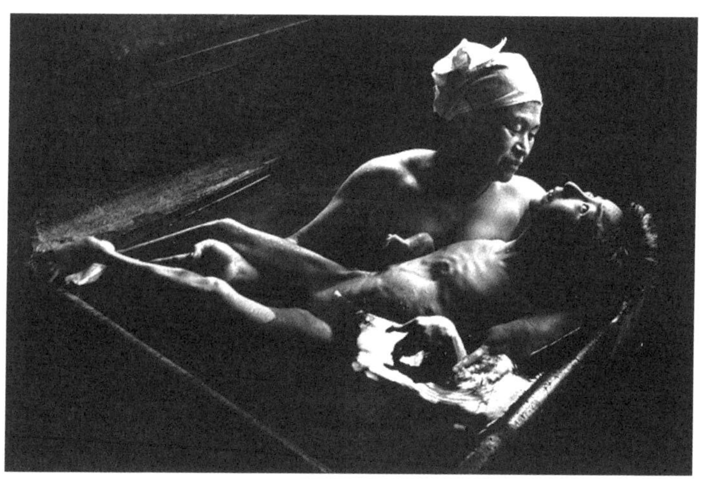

「도모코를 목욕시키고 있는 어머니」(1972). ©윌리엄 유진 스미스.

죽어가는 아들의 머리맡에 앉아
새벽을 맞는 어머니의 눈은
얼마나 아름다운 것일까요

2

한때는 수억 마리 번식했으나
멸종하고 만 생명체들
곧 멸종할 생명체들
하느님 보시기에 좋을까요
우리가 살릴 수도 있는

『문화일보』 1994년 4월 4일 자.

낙엽이 지는 숲속에서
늦가을 들판에서
새끼를 낳는 그 생명체의 눈은
얼마나 아름다운 것이었을까요
우리가 살릴 수도 있었던

3

내가 태어나기 전에 멸종한 생명체가 무엇인지
내가 살아 있을 때 멸종한 생명체가 무엇인지
내가 죽은 후에 멸종할 생명체가 무엇인지
나는 모르네 내가 아는 것은
종말의 순간은 반드시 온다는 것
인간도 언젠가는 멸종하리라는 것
그 숱한 생명체들을 멸종시킨 죄로

지구는 도는데 나는 사라지고 없으리

지구는 도는데 나는 무덤 속에 누워 있으리
지구는 도는데 나는 흙먼지가 되어 날리고 있으리
언젠가는 반드시.

이승하, 『생명에서 물건으로』(1995)

오염 천지

광막하게 쏟아지는 눈들을 보라
우리들이 버린 모든 욕망의 쓰레기들이
이 집에 되돌아오는 저 난동을 보라
옛것으로 남은 것이 있는가
거짓의 백의를 걸치고 휘날린다
탈색시킨 죽탄의 흰 가래침들
죽음의 날개를 달고 달려온다
정적이 감도는 도로에 질척이는 순백의 사신들
조상들이 만들어온 마지막 저주의 빛
푸른 하늘을 하루쯤 밝히기 위하여
수없는 자동차와 공장이 떨어진다
그러나 그들은 사정이 다르다
눈 아리고 가슴 아프고
형질이 변경되는 오염 천지를 위하여
다시 돌아와서 다시 돌아간다
우리가 버린 쓸모없는 재를 우리에게 돌려주려고
강렬한 태양의 폭포수에 빨려들어
검푸른 하늘 속으로 사라진다
저 오염 천지의 마지막 세상에서도

우리 아이들은 어른들의 욕망을 배우리.

고형렬, 『마당식사가 그립다』(1995)

비둘기는 왜 도시를 떠나지 않는가

급경사진 고가도로의 우울한 무게를 참아내고 있는
위태로운 생의 교각과 교각 사이에서
너의 머리는 부유하는 홀씨의 너무 가벼움과 같다
보아라, 단 한순간의 몰락을…… 예언하는 시청 앞 광장의
무수히 무릎 꿇린 백색 절망의 분수 위로
비둘기는 왜 도시를 떠나지 못하고
그 설운 울음을 묻으며 폐허에 사는가
열렬한 도시의 건설자들도 패망을 선언하고 환시의 투시도 밖을 제 발로 걸어나간
(꾸꾸르 꾸꾸) 이 거대한 타향에서
사르어오르는 태양 같은 동심원의 눈들을 뜨고 비둘기들은
왜 도시의 상공을 떠나지 않는가 왜 비둘기들은 도시를 떠난 다른 새들처럼
눈뜬 산열매와 바람 가득한 정령의 숲에서 살지 않고
변종의 새끼를 낳고 기름받음을 주곤 하던 번식의 한철을 지나
(꾸꾸르 꾸꾸) 가무음곡의 번제에서
비관의 설경을 정찰하는가
모든 문은 비상구다 그렇다, 모든 상황은 비상이냐?

매 순간마다 실낱같은 목숨의 줄기를 매번 바꾸어가며
입석의 광고탑만 네온사인에 점멸하는 ON, OFF의 도시를
보여주는 조감도의 하늘을
비둘기는 쓸쓸히 날고 있다 — 빌딩의 숲속에선
약물 중독의 건물들이 사지를 뒤틀며 환각을 꿈꾸고
(꾸꾸르 꾸꾸) 그대 마음속 빈 사막
비둘기는 왜 도시를 떠나지 않는가

함성호, 『56억 7천만 년의 고독』(1992)

백신의 도시, 백신의 서울

가로수가 더 이상 전원에 부착된
안전벨트로 보이지 않는 도시
서울의 클리토리스 남산
거대한 주사기처럼 스포이트처럼
발광하며 문명을 주사하는 타워
어둠이 내리면 연꽃처럼 피어나는 광고
여관 개업식 날 만국기를 다는 곳
서서히 사람들을 처형하는 독가스
합법적으로 내뿜으며 질주하는 자동차
현재의 인구와, 작금의 교통사고 현황과,
환경 오염도와, 일기예보와, 활자 뉴스와……,
순간적 인식과 찰나적 망각을 종용하는
슬픔과 아픔이 숙성될 수 없는
정서의 겉절이 시대
적당량의 희망과 고통과 죽음을 투여받아
전신이 무감각화된 서울,
출판 최대의 폭력물, 역사책에
대환란을 기록할 기술 지상주의자들
텔레비전에 스티로폼 눈이 내리며 주는 예시

머지않아 진짜 스티로폼이 눈처럼 내릴
단테가 이 도시에 태어났더라면
일상의 모작으로 충분했을 신곡, 지옥 편
가로수가 시멘트에 질식사한 흙의 상주처럼
새끼줄로 복대 하고 머리 풀어 헤친 오, 서울

함민복, 『자본주의의 약속』(1993)

로드 킬

어제 아침에는 그 길 건너오던
오소리 한 마리 승용차에 치여 죽었다

어젯밤에는 그 길 건너가던
토종 다람쥐 한 마리 화물 트럭에 받혀 죽었다

오늘 아침에는 그 길 위에서
술 취한 버스가 젊은 사람을 죽였다

사람이 만든 길이 착한 생명을 죽인다, 로드 킬
사람이 만든 길이 사람을 죽인다, 로드 킬

사람이 사람을 죽이는 사람의 길이
직선으로 달려가고 있다

정일근, 『착하게 낡은 것의 영혼』(2006)

해바라기 공장

촛농을 삼켜버린 불빛,
일기의 맨 마지막 이야기는 너무 외롭다는 것이고
너무 외롭다는 것은 소녀의 얼굴에 박힌 주근깨처럼 너무 많았네
어디, 깨진 거울을 좀 보자

어제 본 해바라기도 주근깨가 많은 소녀를 닮았네
그 해바라기도 일기장만 한 큰 잎사귀로 서서 온종일 울었네
인부들의 겉옷이 해바라기에 걸쳐 있는 동안
해바라기는 인부의 아이를 닮았네

밤새 고개를 숙인 해바라기 앞을 지나서
소녀들 눈 비비고 공장 속으로 들어가버린 후,
해바라기는 얼굴을 들었네

공장 근처에서 서성거렸던 인부들아 날 좀 보렴, 보도블록은 다 깔았니,

가끔은 먼 친척처럼

잎사귀를 흔들었던 해바라기를 지나서 온 얼굴
밤늦게 일기 속으로도 들어오고
오늘 공장 가는 길에 새로 깐 보도블록 때문에
해바라기…… 죽었다고 쓰기도 하네

길바닥에 누운 해바라기의 주근깨를 오래 잊지 못하네
공장 가는 길목에 이제 누가 손 흔들어주나

이기인, 『알쏭달쏭 소녀백과사전』(2005)

황사黃砂 속에서

황사 경보 사흘째,
마스크 쓰고 나온 아침 산책길.
흰색 물감 냅다 덧칠한 그림의 안개 속을 가듯
길만 보며 걷다 숨이 답답해 발을 멈춘다.
언덕 위에 희미하게 웅크리고 있는 짐승들 있어
올라가 보니 생강나무들.

꽃을 피우고 있었다.
보기에도 폐가 답답할 나무들이 순색의 노란 꽃들을
폐보다 더 답답할 공기 속으로 내보내고 있었다.

청하지 않아도 때 되면 숲들이 신록 펼치고
새들이 와서 푸드덕거리듯,
딱따구리가 새 나무 만나면
더 열나게 쪼아대듯,
몸 안에 삶이 들어 있는 것들은
앞이 안 보이건 숨이 막히건
때 되면 제 아이들을 마스크도 안 씌운 채
가차 없이 밖으로 내보내는구나.

나갈 때 몸속에
숨이라도 가득 담아 갖고 나가거라.

숨 한번 크게 들이쉬고 마스크를 벗는다.
베토벤의 "대大둔주곡"보다 더 진득한 대기 속에
달걀노른자 같은 해가 익고 있다.

황동규, 『연옥의 봄』(2016)

전염병

우린 전염되지 않았어요 공기가
공기는 여전히 나쁘고
우린 곧 아프거나 죽겠지만
우린 전염되지 않았어요
장갑과 마스크는 필요 없어요
음악시간에 노래 불러도 되나요
체육시간에 함께 달려도 되나요
청소하다가 울음을 터뜨리는 건
우린 원래 그래요
전염되지 않았어요 우린
손을 잡아도 되나요
이어폰을 나눠 껴도 되나요
정말 그것 때문에 죽을 수도 있나요
작년에 죽은 내 친구는 알까요
산 사람들도 죽음과 손잡고 있다는 걸
그게 어떤 기분인지
그게 어떤 슬픔인지
아직 우린 전염되지 않았어요
마스크 낀 입술을 달싹이며

다시 볼 수 없을지도 모르는 친구들과 겨우 작별
작별이라는 말은 하지 말자
공기는 여전히 나쁘고
우린 곧 아프거나 죽겠지만
지구엔 누가 남을까요
그때에도 햇빛은 저렇게 찬란히 빛나겠지만

강성은, 『단지 조금 이상한』(2013)

인수공통전염병 냉가슴 발생 첫날 병조림 인간*의 기록

오늘, 새들은 말이 없다
어차피 새들은 말을 할 줄 모르지
물론 새들도 새 말은 할 줄 안다
내 말은 오늘, 새들이 이상할 정도로 잠잠하다는 말이다
지저귀지 않을 뿐 아니라 푸드덕거리지도 않네
이웃 교회 목사의 횡령 사건이며 불타는 금요일이며 진급 시험과 주말여행에 관해
사람들은 어제처럼 소곤소곤 남의 말을 하고 있는데
미래반점 처마 밑 새장 속의 사랑새 부부도
옛 일본인 조계지 백 년 넘은 건물 난간의 비둘기도
황어장터 잡목림 속 참새들도
수상해, 머리를 어깨 사이에 파묻고 향수병에 걸린 것만 같아

새들은 모를지 모르지만
사람들은 새 말을 대충 알아듣지
가령, 나는 저 빌라들 사이 어린이 놀이터 벤치에 앉아
아이들이 흘린 뻥튀기에 몰려든 참새들의 대화를 엿들은 적이 있다

삐비 삐빗 뿌잇(여기 먹을 게 있어)!
삐윱(내놔)!
삐유윕(내 거야)!
삐빕삣(저리 가)!
삐립삣뺍(맛 좀 볼래)?
삐빕(젠장)!
삐비비빗(두고 보자)!

사람들이 모른 척하고 싶을지 모르지만
새들도 사람 말을 대충 알아듣는다
(내용은 대략 위와 같음)
우린 모두 지구와 같은 성분을 가지고
같은 별에 담겼으니까

그래도 여전히 놀라운 일이지
우리가 같은 성분으로 되어 있다니

여차하면 서로 먹을 수 있다니
여차하면 서로 섞일 수도 있다니

그건 그렇고
오늘, 새들은 왜 말이 없을까

저렇게 뾰족한 주둥이를 가지고
무슨 으스스한 생각에 잠긴 것일까

정한아, 『울프 노트』(2018)

* 정한아, 「자기가 병조림이라 믿은 남자」(『울프 노트』)를 참조.

포스트잇

인간이 자연을 희생시켜가며 이루어온 고도의 기술 문명은 과연 인간 사회 전체를 풍요롭게 했을까? 날로 심화되는 대기오염과 기후 위기는 생명 공동체의 일원인 인간에게도 심각한 문제다. 경제적 풍요의 혜택이 고르게 분배되지 않아 지구의 한편에서는 여전히 굶어 죽는 사람들이 있는가 하면, 다른 한편에서는 비만으로 고민하는 사람들이 있다. 거대한 부를 축적하는 세계적인 기업이 있는가 하면, 최소한의 기본권도 보장받지 못한 채 노동력을 착취당하는 사람들도 있다. 인간과 자연 사이의 불평등뿐 아니라 인간과 인간 사이의 불평등을 도외시하고서는 생태 파괴를 극복할 수 있는 근본적 대책을 마련하기 어렵다. 부의 축적과 효율성만을 앞세우는 사회에서 인간은 도구화되고 인간관계는 급속도로 와해된다. 생물 다양성을 상실한 생태계가 위험해지는 것처럼, 균형과 조화를 잃은 인간 사회는 위태로울 수밖에 없다.

2018년 8월 스웨덴의 청소년 환경 운동가 그레타 툰베리가 '기후를 위한 학교 파업'을 시작한 후, 기후 위기에 대한 대책을 요구하는 전 세계 청소년들의 시위가 격화되고 있다. 어른 세대의 그릇된 판단과 과도한 욕심에 따른 대가를 혹독하게 치르게 될 미래 세대의 정당한 문제 제기다. 그런데 경제 발전과 기술 진보를 위해 환경오염을 외면해온 인간 사회는 이미 불길한 징후를 보이고 있었다. 최승호의 「공장 지대」는 무뇌아를 낳은 산모의 몸을 "허연 폐수"와 "비닐 끈들" 같은 그로테스크한 이미지로 표출한다. 환경오염이 인간의 삶에 미치는 영향을 직접적이고 충격적인 방식으로 묘사한 것이다. 신경림의 「이제 이 땅은 썩어만 가고 있는 것이 아니다」에서는 쓰레기와 오물로 가득 찬 땅, 나아가 핵 발전소의 위험이 도사리고 있는 현실을 비장한 어조로 각성시킨다. 이승하의 「생명체에 관하여」에서는 미나마타병에 걸린 아이를 목욕시키는 어머니의 모습이 담긴 유진 스미스의 사진을 통해, 환경오염의 치명적 결과를 눈앞에 펼쳐 보인다. 또한 수많은 생명체를 멸종시킨 인간 스스로도 멸종의 길을 갈 수밖에 없다고 단언한다. 고형렬의 「오염 천지」에서도 "우리가 버린 쓸모없는 재"가 결국 우리에게 되돌아와 파멸을 야기하리라고 예측한다. 시인들의 눈에 비친 오염된 세상은 삭막하고 불길하기 그지없다.

환경오염이 얼마나 위험한 결과를 낳을지 예감하면서도 지금까지의 생활을 바꾸지 못하는 이유는 무엇일까? 함성호의 「비둘기는 왜 도시를 떠나지 않는가」에서는 비둘기에게서 그 답을 찾는다. "약물 중독의 건물들이 사지를 뒤틀며 환각을 꿈꾸"는 도시에서 비둘기 또한 환각과 착시를 벗어나지 못하기 때문이다. 함민복의 「백신의 도시, 백신의 서울」 역시 "서서히 사람들을 처형하는 독가스"처럼 "적당량의 희망과 고통과 죽음을 투여받아" 인류가 무감각해졌기 때문에 도시에서 살 수 있는 것이라고 진단한다. 정일근은 「로드 킬」에서 "사람이 만든 길이 사람을 죽인다"며 현대인들의 삶에 내재한 위험의 원인이 사람이라는 사실을 거론한다. 그 길이 "직선"인 것은 앞으로도 그러한 위험이 제어되지 않고 가중될 것이라는 예감을 강조한다. 이기인의 「해바라기 공장」은 환경문제의 원인으로 인간 사이의 불평등에 주목한 시다. 밤늦게까지 공장에서 일하는 소녀는 보도블록 때문에 죽은 해바라기와 겹쳐진다. 열악한

노동환경 속에서 착취당하는 소녀의 문제는 인간의 편의를 위해 희생당하는 자연의 문제와 다르지 않다. 인간과 자연뿐 아니라 인간과 인간 사이의 차별과 불평등을 간과하고서는 생태 문제를 해결하기 어려울 것이다.

2020년 벽두부터 전 세계를 강타한 코로나19로 인해, 마스크는 필수품이 되어 생활의 전면에 배치되었다. 모두 마스크를 쓰고 다니는 이 기이한 상황은 생태 환경이 인간의 생활을 뒤바꾸고, 더 나아가 생태계의 위기가 곧 인류의 위기가 될 수 있다는 명백한 증거다. 그런데 마스크는 코로나19 사태 전부터 이미 우리 삶에 자리 잡고 있었다. 황동규의 「황사 속에서」는 오염된 공기 때문에 마스크를 써야 하는 답답한 상황을 그리고 있다. 강성은의 「전염병」은 코로나19 사태 훨씬 전에 쓰인 시인데, 전염병이 도는 엄혹한 상황이 현재의 일처럼 느껴진다. 정한아는 「인수공통전염병 냉가슴 발생 첫날 병조림 인간의 기록」에서 인간과 비非인간 생물이 "모두 지구와 같은 성분을 가지고" 있기 때문에 자칫 서로 섞이면서 전염병을 일으킬 수 있다는 사실을 지적한다. 전염병을 방지할 수 있는 최선의 방법은 우리 자신과 비인간 생물 종 사이에 놓여 있는 자연적인 경계선들을 보존함으로써 우리 자신을 보호하는 것뿐이라고 한다.* 인간의 자연 훼손은 언제든 자연의 역습으로 되돌아올 수 있다는 것을 명심해야 또 다른 전염병의 위험에서 벗어날 수 있을 것이다.

* 마크 제롬 월터스, 『에코데믹, 끝나지 않는 전염병』, 이한음 옮김, 책세상, 2020, 11쪽.

생각의 타래

1. 「이제 이 땅은 썩어만 가고 있는 것이 아니다」에서는 "내 땅 내 나라, 아니 온 세계가 이제 / 단숨에 흔적도 없이 날아가버릴 / 마침내 그 벼랑에까지 와 서 있다"며 핵 발전소의 위험성을 경고하고 있다. 핵 발전소를 짓는 이유는 무엇인지, 핵 발전소의 위험에서 벗어나는 방법은 무엇인지 생각해 보자.

2. 「생명체에 관하여」에 나오는 사진 「도모코를 목욕시키고 있는 어머니」를 보고 어떤 느낌을 받았는가? 이 사진이 주는 메시지는 무엇이라고 생각하는가?

3. 「오염 천지」에서 말하듯 "우리들이 버린 모든 욕망의 쓰레기들이" 우리에게 되돌아오는 현상을 구체적인 장면으로 묘사해보자.

4. 「비둘기는 왜 도시를 떠나지 않는가」의 "비둘기"에 인간을 대입해보고, '인간은 왜 도시를 떠나지 않는가'라는 질문에 답해보자.

5. 「백신의 도시, 백신의 서울」에서는 왜 서울을 "백신의 도시"라고 표현했을까?

6. 「전염병」「인수공통전염병 냉가슴 발생 첫날 병조림 인간의 기록」 등 전염병에 관한 시와 자신이 겪은 코로나19의 경험을 반영해, 전염병의 원인과 증상 그리고 방지 대책에 대해 생각해보자.

4부

자연의 재발견

한 숟가락 흙 속에

한 숟가락 흙 속에
미생물이 1억 5천만 마리래!
왜 아니겠는가, 흙 한 숟,
삼천대천세계가 거기인 것을!

알겠네 내가 더러 개미도 밟으며 흙길을 갈 때
발바닥에 기막히게 오는 그 탄력이 실은
수십억 마리 미생물이 밀어올리는
바로 그 힘이었다는 걸!

정현종, 『한 꽃송이』(1992)

물길

어떤 힘이 물을 바다로 이끈다.
보이지 않는 어떤 손짓이
풀잎 안의 수액을 방울방울 밀어 올린다.
사람의 길은 지상에 있지만
물의 길은 하늘에 있다.
물에는 별과 나무와 구름과 사람의 그림자
우리 모두는 물길에 실려 그런 속삭임으로
흐른다. 흐르며
은밀히 서로를 숨 쉬고 눈짓하고 지절거린다.
풀잎 안의 물방울처럼
우리 얼굴을 허공으로 떠올린다.
달 뜨는 밤처럼
우리 혼은 허공에 실려 있다.
들꽃들은 기억의 눈동자로 들판에 앉아 기다리고
꽃 사이를 거니는 신성한 이가
지금 이곳에 우리와 함께 산다.
이 들판은 우리 아버지의 귀가 묻혀
아버지의 눈동자가 묻혀
아버지의 아버지의 뼈가 묻혀

소나무 위
비껴 떠 하프를 치는 구름을 듣는다.
그 아래 조용히 새를 띄우는 어머니의 황혼
한 나무가 베어지면 그 곁의 나무가
소리 없이 떨고 들판은 운다.
새 한 마리가 죽으면
새벽하늘은 더 붉게 젖는다.
어머니는 울고 별은 뜨지 않는다.
물은 늘 우리를 싣고 떠난다. 영원한 삶 쪽으로
혹은 죽음 쪽으로
그러나 또 다른 나는 여기 남아
그분과 함께 일한다.

이성선, 『이성선 전집 1— 서정시』(2011)

노루귀꽃

어떻게 여기 와 피어 있느냐
산을 지나 들을 지나
이 후미진 골짜기에

바람도 흔들기엔 너무 작아
햇볕도 내리쬐기엔 너무 연약해
그냥 지나가는
이 후미진 골짜기에

지친 걸음걸음 멈추어 서서
더는 떠돌지 말라고
내 눈에 놀란 듯 피어난 꽃아

김형영, 『낮은 수평선』(2004)

틈

바람은 먼 곳에서 태어나는 줄 알았다 태풍의 진로를 거스르는 적도의 안개 낀 바다나 계곡의 경사를 단숨에 내리치는 물보라의 폭포

혹은 사막의 천정, 그 적막의 장엄

아랫목에 죽은 당신을 누이고 윗목까지 밀려나 방문 틈에 코를 대고 잔 날 알았다

달 뜬 밖은 감잎 한 장도 박힌 듯 멈춘 수묵의 밤 소지 한 장도 밀어 넣지 못할 문틈에서 바람이 살아나고 있었다 고 고 고 좁은 틈에서 달빛과 살내가 섞이느라 바람을 만들고 있었다

육체의 틈 혹은 마음의 금

그날부터 한길 복판에서 간절한 이름 크게 한번 외쳐보지도 못한 몸에서도 쿵쿵 바람이 쏟아져 나왔다 나와 나 아닌 것 삶과 삶 아닌 것이 섞이느라 명치끝이 가늘게 번져 있었다

신용목, 『바람의 백만번째 어금니』(2007)

풍장 27

내 세상 뜰 때
우선 두 손과 두 발, 그리고 입을 가지고 가리.
어둑해진 눈도 소중히 거풀 덮어 지니고 가리.
허나 가을의 어깨를 부축하고
때늦게 오는 저 밤비 소리에
기울이고 있는 귀는 두고 가리.
소리만 듣고도 비 맞는 가을 나무의 이름을 알아맞히는
귀 그냥 두고 가리.

황동규, 『풍장』(1995)

폭풍 속으로 1

나뭇잎들이, 나뭇가지들이 파르르르 떨며
숨을 들이켠다
색색거리며 할딱거리며, 툭, 금방 끊어질 듯
팽팽히 당겨져, 부풀어, 터질 듯이
파르르르 떨며 흡! 흡!
하늘과 땅의 광막한 사이가
모세관처럼 좁다는 듯 흡! 흡!
흡! 흡! 흡! 거대한, 흡!

황인숙, 『자명한 산책』(2003)

달무리

달밤에는 달과 밤이 있다
달의 밤에 밤의 달에
마음이 하늘로 들린다
오늘 밤도 달이 있어 나는 생각한다
이 밝음 속에 소란한 소음 하나 놓아두면
달빛에 겨워 소음조차 조용히 침묵하겠지
그 생각이 무리였나
달에도 무리가 있었나 달빛이 기울었다
달은 무리지면 밤길 훤하지만
사람은 무리지면 무서운 것이니
무리하지 말고 살아야지

나뭇가지 위에 달빛이 걸릴 때만
뜨거운 것이 내 얼굴에 얼룩진다
나는 이미 시인이 되었지만
달밤이 없었다면 무리진 죄인이 되었을 것이네

나를 감동시키는 것으로
하늘에 달만 한 것이 없네

천양희, 『새벽에 생각하다』(2017)

황강 9

황강 물 굴불굴불 황강 옥이와 귀엣말 즐겁습니다
황강 모래 엄지 검지 발가락 새 물꽃 되어 흐르듯이
간지러운 옛말이 들리는 봄
재첩 볼우물이 고운 옥이 마을
이모와 고모가 한 동기를 이루며 늙어간 버들골로
물안개는 디딜 데 없이 아득하였습니다
호르르르 물잠자리 홀로 물수제비 띄우고
옥양목 파란 수숫대가 바스락 소매를 잡습니다
옴두꺼비 멀리서 개구리처럼 울어도 예사로운 날
황강 옥이와 헤어질 일을 생각하였습니다
육십 리 나루 육십 리 황강 옥이는
황강 육십 리 옛 노래 능청거리는데
혼자 사는 옥이 엄지 검지 손톱이 뭉개져 까맣습니다
물총새 뒤꼭지를 닮았습니다.

박태일, 『풀나라』(2002)

성聖 느티나무

속이 검게 타버린 고목이지만
창녕 덕산리 느티나무는 올봄도 잎을 내었다

잔가지 끝으로 하늘을 밀어 올리며 그는
한 그루 용수榕樹처럼
제 아궁이에서 자꾸만 잎사귀를 꺼낸다
번개가 가슴을 쪼개고 지나간 흔적을 안고도
저렇게 눈부신 잎을 피워내다니,
시커먼 아궁이 하나 들여놓고
그는 오래오래 제 살을 달여 내놓는다
낮의 새와 밤의 새가 다녀가고
다람쥐 일가가 세 들어 사는,
구름 몇 점 별 몇 개 뛰어들기도 하는,
바람도 가만히 숨을 모으는 그 검은 아궁이에는
모든 빛이 모여 불타고 모든 빛이 나온다
까마귀 깃들었다 날아간 자리에
검은 울음 몇 가지가 뻗어 있기도 한다

발이 묶인 채 날아오르는 새처럼

덕산리 느티나무는 푸른 날개를 마악 펴 들고 있다

나희덕, 『사라진 손바닥』(2004)

나무도 가슴이 시리다

남쪽으로
가지를 몰아놓은 저 졸참나무
북쪽 그늘진 둥치에만
이끼가 무성하다

아가야
아가야
미끄러지지 마라

포대기 끈을 동여매듯
댕댕이덩굴이
푸른 이끼를 휘감고 있다

저 포대기 끈을 풀어보면
안다, 나무의 남쪽이
더 깊게 파여 있다

햇살만 그득했지
이끼도 없던 허허벌판의 앞가슴

제가 더 힘들었던 것이다

덩굴이 지나간 자리가
갈비뼈를 도려낸 듯 오목하다

이정록, 『의자』(2006)

고래의 꿈

나는 늘 고래의 꿈을 꾼다
언젠가 고래를 만나면 그에게 줄
물을 내뿜는 작은 화분 하나도 키우고 있다

깊은 밤 나는 심해의 고래 방송국에 주파수를 맞추고
그들이 동료를 부르거나 먹이를 찾을 때 노래하는
길고 아름다운 허밍에 귀 기울이곤 한다
맑은 날이면 아득히 망원경 코끝까지 걸어가
수평선 너머 고래의 항로를 지켜보기도 한다

누군가는 이런 말을 한다 고래는 사라져버렸어
그런 커다란 꿈은 이미 존재하지도 않아
하지만 나는 바다의 목로에 앉아 여전히 고래의 이야길 듣는다
해마들이 진주의 계곡을 발견했대
농게 가족이 새 뻘집으로 이사를 한다더군
봐, 화분에서 분수가 벌써 이만큼 자랐는걸……

내게는 아직 많은 날들이 있다 내일은 5마력의 동력을

배에 더 얹어야겠다 깨진 파도의 유리창을 갈아 끼워야겠다
저 아래 물밑을 흐르는 어뢰의 아이들 손을 잡고 쏜살같이
해협을 달려봐야겠다

누구나 그러하듯 내게도 꿈이 하나 있다
하얗게 물을 뿜어 올리는 화분 하나 등에 얹고
어린 고래로 돌아오는 꿈

송찬호, 『고양이가 돌아오는 저녁』(2009)

포스트잇

자연뿐 아니라 인간 자신에게도 심각한 위협이 되고 있는 환경문제를 해결하기 위해서는 현실적 대책을 마련하는 것 이상으로 환경에 대한 인식의 근본적 변화가 필요하다. 자연과 인간을 가르는 이분법적 사고에서 벗어나, 자연과 인간을 생명 공동체로 각성하고 교감할 수 있는 정서적 능력이 긴요하다. 모든 사물에 생명이 깃들어 있다고 보는 '물활론적 상상력'은 자연과의 교감을 표현하기에 효과적인 방법이다. "시적 사고란 본질적으로 모든 생명을 하나로 보는 사고방식"*이라 할 정도로, 시에서는 다른 생명을 향해 개방적이고 동등한 시선이 작동한다. 자연에 내재한 경이로운 힘과 아름다움을 발견하는 과정은 자연과 인간이 근원적으로 하나의 뿌리를 이루고 있다는 사실을 각성하는 계기이기도 하다. 이러한 깨달음을 위해서는 섬세한 관찰과 예리한 감각, 자유롭고 풍부한 상상이 뒷받침되어야 한다.

자연의 경이로움은 미처 몰랐던 사실을 새롭게 알게 될 때 느껴진다. 정현종의 「한 숟가락 흙 속에」는 한 숟가락 정도의 흙 속에 미생물이 1억 5천만 마리나 들어 있다는 사실을 알면서 느끼게 되는 흙의 힘을 생동감 있게 표출하고 있다. 이성선의 「물길」에서는 물을 통해 자연의 힘을 발견한다. 물의 흐름을 세밀하게 따라가보면 천지 만물을 실어 나르는 "보이지 않는 어떤 손짓"과도 같은 자연의 힘과 만나게 된다는 것이다. 김형영의 「노루귀꽃」에서는 후미진 산골짜기의 아주 작은 꽃에서 자기 자신을 발견하고 위안을

* 김종철, 「시의 마음과 생명공동체」, 『녹색평론선집 1』, 녹색평론사, 1997, 75쪽.

얻는 과정이 그려진다. 신용목의 「틈」은 방문 틈으로 들어온 바람을 느끼면서, 자연이 아주 가까이에 있으며 인간의 삶과 부단히 섞이고 있다는 통찰을 드러낸다. 자연은 인간의 관심이 닿는 만큼 언제든 발견의 경이를 불러일으킨다.

시인들은 자연과 만날 때 온몸의 감각을 열고 자연과 하나가 된다. 자연을 느끼려는 예민한 감각은 자연의 다채로운 모습과 섬세한 숨결을 되살린다. 황동규의 「풍장 27」에서는 "소리만 듣고도 비 맞는 가을 나무의 이름을 알아맞히는 / 귀"의 소중함을 각인시킨다. 눈으로 보고도 잘 모르는 나무의 이름을 비 맞을 때의 소리만으로 알아맞힐 수 있는 귀라면 자연에 얼마나 밀착된 것일까? 황인숙의 「폭풍 속으로 1」에서는 아예 나뭇잎들의 숨결 속으로 들어간 듯 생동하는 감각으로 폭풍 속의 자연을 묘사한다. 반복되는 "흡! 흡!" 소리가 천지간에 가득한 자연의 움직임을 실감 나게 전달한다. 천양희의 「달무리」는 달밤이 주는 정서적 감응을 드러낸다. 고요하면서도 밝은 달밤이 시인의 마음을 얼마나 순화해주었는지 느낄 수 있다.

자연이 인간과 다를 바 없는 마음을 지녔다고 보는 물활론적 상상력은 자연과의 거리를 좁히고 공감을 확대할 수 있게 한다. 박태일은 「황강 9」에서 강과 사람이 한 몸처럼 어울려 사는 고향의 풍경을 재현한다. 이 시는 '생명지역주의'의 관점으로 보아도 흥미롭다. "생명지역주의는 생태계와 지역과 인간의 문화를 하나의 고리로 묶는 것"* 으로,

* 남송우, 「문학 속에 나타난 생명지역주의의 한 모습」, 『환경위기와 문학』, 학고방, 2015, 73쪽.

생태 중심의 시선을 통해 지역 자연 체계를 복원하려는 시도다. 황강의 독특한 생태와 지역 문화가 섬세하게 직조된 이 시에서 지역 생태의 원형을 보존하는 일이 얼마나 중요한지를 알 수 있다. 생태계를 지키는 일은 가까이 있는 자연에 대한 관심에서부터 시작된다. 나희덕의 「성 느티나무」에는 창녕 덕산리의 고목이 등장한다. "번개가 가슴을 쪼개고 지나간 흔적을 안고도" "오래오래 제 살을 달여 내놓는다"로 의인화된 고목에서 각고의 삶에 대한 경외심을 느끼게 된다. 이정록의 「나무도 가슴이 시리다」가 그리는 나무도 인간의 모습과 삶을 닮았다. 화자는 댕댕이덩굴이 이끼 무성한 북쪽 둥치를 휘감은 나무의 모습에서, 포대기로 아기를 업고 있는 어머니를 연상한다. "이끼도 없던 허허벌판의 앞가슴" "갈비뼈를 도려낸 듯 오목"한 자리를 세밀하게 관찰하고 어머니의 삶에 견주어 공감을 더한다. 송찬호의 「고래의 꿈」은 동화적 상상력으로 바다의 구성원들을 흥미롭게 그려낸다. 인간들과 다를 바 없이 서로 이웃한 채 어울려 살아가는 바닷속 주민들의 이야기를 통해 생명 공동체의 긴밀하고 친근한 관계를 감지할 수 있다.

자연을 인간화하고 인간을 자연화하는 역동적 상상은 인간과 자연이 함께하는 생명 공동체를 이념이 아닌 실감으로 내면화해, 생태 의식의 변화를 일으키는 데 도움이 된다. 이런 시에 가득한 생태적 감수성은 자연의 아름다움과 가치를 깨닫고 자연과 공존할 수 있는 지혜를 담고 있다.

생각의 타래

1. 「한 숟가락 흙 속에」의 화자는 한 숟가락의 흙 속에 1억 5천만 마리의 미생물이 들어 있다는 사실을 접하고 나서, 걸으면서도 미생물들이 밀어 올리는 듯한 힘을 느낀다. 자연에 대한 새로운 지식을 알게 된 후, 같은 자연을 대할 때 이전과는 다른 느낌을 받은 적이 있는가? 그런 경험에 대해 말해보자.

2. 「노루귀꽃」에 등장하는 "노루귀꽃"에 대해 자세히 조사해보고, 이 시에서 표현된 꽃의 이미지와 자신의 느낌을 비교해보자.

3. 「풍장 27」에서 화자가 "세상 뜰 때" "귀"를 두고 가려는 이유는 무엇일까? 자신이 가장 좋아하는 자연의 소리는 무엇인지 생각해보자.

4. 「폭풍 속으로 1」에서는 나뭇잎들이 폭풍 속에서 떠는 모습을 반복되는 "흡!" 소리로 표현하고 있다. 이 소리가 어떤 느낌을 표현한 것인지 설명해보자. 또한 이런 모습을 표현할 수 있는 다른 소리도 생각해보자.

5. 「황강 9」에는 황강의 생태와 지역 문화가 생생하게 그려져 '생명지역주의'가 잘 드러난다. 이 시처럼 생명지역주의의 관점으로 살펴볼 수 있는 다른 시들을 찾아보고, 그 특징을 설명해보자.

6. 「성 느티나무」에서 느티나무의 "잎"이 "푸른 날개"의 이미지로 변용하는 과정에는 어떤 생태학적 사유가 작용하고 있는지 분석해보자.

7. 「고래의 꿈」에서 말줄임표로 생략되어 있는 "고래의 이야기"를 상상해 좀 더 이어 써보자.

5부

자연, 생명, 여성

따뜻한 흙

잠시 앉았다 온 곳에서
씨앗들이 묻어 왔다

씨앗들이 내 몸으로 흐르는
물길을 알았는지 떨어지지 않는다
씨앗들이 물이 순환되는 곳에서 풍기는
흙내를 맡으며 발아되는지
잉태의 기억도 생산의 기억도 없는
내 몸이 낯설다

언젠가 내게도
뿌리내리고 싶은 곳이 있었다
그 뿌리에서 꽃을 보려던 시절이 있었다
다시는 그 마음을 가질 수 없는
내 고통은 그곳에서
샘물처럼 올라온다

씨앗을 달고 그대로 살아보기로 한다

조은, 『따뜻한 흙』(2003)

뿌리에게

깊은 곳에서 네가 나의 뿌리였을 때
나는 막 갈구어진 연한 흙이어서
너를 잘 기억할 수 있다
네 숨결 처음 대이던 그 자리에 더운 김이 오르고
밝은 피 뽑아 네게 흘려보내며 즐거움에 떨던
아 나의 사랑을

먼우물* 앞에서도 목마르던 나의 뿌리여
나를 뚫고 오르렴,
눈부셔 잘 부스러지는 살이니
내 밝은 피에 즐겁게 발 적시며 뻗어가려무나

척추를 휘어 접고 더 넓게 뻗으면
그때마다 나는 착한 그릇이 되어 너를 감싸고,
불꽃 같은 바람이 가슴을 두드려 세워도
네 뻗어가는 끝을 하냥 축복하는 나는
어리석고도 은밀한 기쁨을 가졌어라

네가 타고 내려올수록

단단해지는 나의 살을 보아라
이제 거무스레 늙었으니
슬픔만 한 두름 꿰어 있는 껍데기의
마지막 잔을 마셔다오

깊은 곳에서 네가 나의 뿌리였을 때
내 가슴에 끓어오르던 벌레들,
그러나 지금은 하나의 빈 그릇,
너의 푸른 줄기 솟아 햇살에 반짝이면
나는 어느 산비탈 연한 흙으로 일구어지고 있을 테니

나희덕, 『뿌리에게』(1991)

* 먹을 수 있는 우물물.

물을 만드는 여자

딸아, 아무 데나 서서 오줌을 누지 마라
푸른 나무 아래 앉아서 가만가만 누어라
아름다운 네 몸속의 강물이 따스한 리듬을 타고
흙 속에 스미는 소리에 귀 기울여보아라
그 소리에 세상의 풀들이 무성히 자라고
네가 대지의 어머니가 되어가는 소리를

때때로 편견처럼 완강한 바위에다
오줌을 갈겨주고 싶을 때도 있겠지만
그럴 때일수록
제의를 치르듯 조용히 치마를 걷어 올리고
보름달 탐스러운 네 화초를 대지에다 살짝 대어라
그러고는 쉬이쉬이 네 몸속의 강물이
따스한 리듬을 타고 흙 속에 스밀 때
비로소 너와 대지가 한 몸이 되는 소리를 들어보아라
푸른 생명들이 환호하는 소리를 들어보아라
내 귀한 여자야

문정희, 『양귀비꽃 머리에 꽂고』(2004)

눈

눈이 왔다. 포근하게 왔다. 아니지. 처음에는 난폭하게 왔다. 차갑고 춥고 시리게. 그러나 저녁이 올 때 눈은 순하게 왔다. 따스하였다. 눈 하고 불러본다. 눈 하고 따라 하는 메아리가 들린다. 눈 풀꽃잎 결정結晶들이 모여든다. 눈이 깊이 오고 깊이 오고. 나는 가끔 거리의 외등 아래서 호흡을 멈추곤 하였다. 마을에서 마을로 떠돌아다니다가 이제는 더 이상 떠돌 수 없어 얼어버릴 작정이었다. 눈이 왔다. 오늘. 눈은 하얗게 왔다. 아니 파랗게 왔다. 그러나 빨갛게, 어머니가 놓고 가버린 핏줄처럼 빨갛게 오기도 하였다. 작년의 눈을 생각하며 유리창에 더 많이 풀꽃잎을 붙여나갔다. 그 높은 곳. 은지팡이 때리는 소리가 들렸다. 탁탁. 어린이 이야기책 속의 그림. 먼저 간 어머니는 천사가 되어 눈 오는 밤이면 은지팡이 짚고 내려온단다. 탁탁. 아아, 내려오세요, 어머니. 이 지상으로, 은지팡이 짚고 내려오세요. 어머니는 지팡이로 제일 고요한 곳을 쳐 길을 내었다. 길이 가까워지고 있었다. 길이 맨 꼭대기 벗은 가지 끝에 닿자 그 옆의 잔가지들이 떨렸다. 길도 같이 떨렸다. 떨리며 내려오던 길이 엉킨 가지들 속에 묶였다. 그 자리에서 아득한 물안개가 일었다. 마침내 그 길은 내 두 눈을 타고 흘러내렸다. 아아, 눈에는 등빛 같은 정신이 숨어 있었다. 눈이 왔다.

이진명, 『밤에 용서라는 말을 들었다』(1992)

꽃 핀 오동나무 아래

꽃 핀 오동나무를 바라보면
심장이 오그라드는 듯하다
하늘 가득 솟아 있는 연보랏빛 작은 종들이 내는
그 소릴 오래전부터 들어왔다
오동 꽃들이 내는 소리에 닿을 때마다
몸이 먼저 알고 저려온다

무슨 일이 있었나 내 몸이
가얏고로 누운 적이 있었던 걸까
등에 안족을 받치고 열두 줄 현을 홑이불 삼아 덮고
풍류방 어느 선비의 무릎 위에 놓여
자주 진양조로 흐느꼈던 것일까

늦가을 하늘 높은 어디쯤에서 내 상처인 열매를
새들에게 나누어준 적도 있었나
마당 한편 오동잎 그늘 아래서
한세상 외로이 꽃이 지고 피는 걸 바라보며
살다 간 은자이기도 했을까

다만 가슴이 뻐개어질 듯
퍼져나가려는 슬픔을 동그랗게 오므리며
꽃 핀 오동나무 아래 지나간다

무슨 일이 있었나 나와 오동나무 사이에
다만 가슴이 뻐개어질 듯
해마다
대낮에도 환하게 꽃등을 켠
오동나무 아래 지난다

조용미, 『삼베옷을 입은 자화상』(2004)

내 몸속에 잠든 이 누구신가

그대가 밀어 올린 꽃줄기 끝에서
그대가 피는 것인데
왜 내가 이다지도 떨리는지

그대가 피어 그대 몸속으로
꽃벌 한 마리 날아든 것인데
왜 내가 이다지도 아득한지
왜 내 몸이 이리도 뜨거운지

그대가 꽃 피는 것이
처음부터 내 일이었다는 듯이.

김선우, 『내 몸속에 잠든 이 누구신가』(2007)

이 화창한 봄날

봄날엔 어느 봉분 할 것 없이 씀바귀꽃 핀다
이승과 저승의 잘 꿰맨 봉합선이
금세라도 째질 듯 샛노랗게 타오른다

산의 능선마다 휘황하다 저 물집!
생의 저쪽이 버들개지 물관부 속인 듯 통탕거린다

우수 지나는 빗소리에
소나무 때죽나무 한데 얼크러지고
핏자국 같은 새순들 대지의 아랫입술에 꿰매지고

봄 하늘이 기우뚱 펼쳐 든 만세력
한 생이 구름 문양뿐인 낡은 책갈피에서
슬픔의 생몰 일시란 아득히 지워지고 없다

봄밤엔 어느 봉분 할 것 없이 씀바귀꽃 진다
좀씀바귀 밀선 따라 달빛 흐르고
길의 앞날이 함박눈처럼 몰려오고

나는 그대가 꾼 길고 긴 꿈
머지않아 우리들 생의 캄캄한 후미도
한 때의 반짝이는 박새 울음으로 흩어질 것이다

김명리, 『제비꽃 꽃잎 속』(2016)

말강 물 가재 사는 물

성구네 큰형 눈썹 진하고 눈 부리부리해서 장군감인데
성구 눈 작고 어깨 좁아 눈치 슬근슬근 홀짝이기도 잘했네

그러나 말강 물에서 가재를 잡을 때만은 슬근슬근 눈치 보기 제법 통해서
되통박 허덩 가득 슬슬 기는 분홍 가재 성구가 잡아내네

성구가 잡은 가재 성구처럼 되통박 속에서 꺼먹꺼먹 눈치만 보는데
하하 우리 성구 가재 내가 먹어주마 성구 큰형 막구리 입으로 가재를 통으로 넘길 때

착한 성구 말 한마디 않고 막대기로 땅바닥에
금 그으며 말강 물만 그렇게 바라보았네

말강 물 가재 사는 물 가재처럼 작은 눈엔 눈물 글썽 그렇게 그렇게 바라보았네
미안하다 미안하다 분홍빛 가재야 말강 물 가재 사는 물

허수경, 『청동의 시간 감자의 시간』(2005)

속 좋은 떡갈나무

속 빈 떡갈나무에는 벌레들이 산다
그 속에 벗은 몸을 숨기고 깃들인다.
속 빈 떡갈나무에는 버섯과 이끼들이 산다
그 속에 뿌리를 내리고 꽃을 피운다
속 빈 떡갈나무에는 딱따구리들이 산다
그 속에 부리를 갈고 곤충을 쪼아 먹는다
속 빈 떡갈나무에는 박쥐들이 산다
그 속에 거꾸로 매달려 잠을 잔다
속 빈 떡갈나무에는 올빼미들이 산다
그 속에 둥지를 틀고 새끼를 깐다
속 빈 떡갈나무에는 오소리와 여우가 산다
그 속에 굴을 파고 집을 짓는다

속 빈 떡갈나무 한 그루의
속 빈 밥을 먹고
속 빈 노래를 듣고
속 빈 집에 들어 사는 모두 때문에
속 빈 채 큰 바람에도 떡 버티고
속 빈 채 큰 가뭄에도 썩 견디고

조금 처진 가지로 큰 눈들도 싹 털어내며
한세월 잘 썩어내는
세상 모든 어미들 속

정끝별, 『흰 책』(2000)

여성에 관하여

여자들은 저마다의 몸속에 하나씩의 무덤을 갖고 있다.
죽음과 탄생이 땀 흘리는 곳,
어디로인지 떠나기 위하여 모든 인간들이 몸부림치는
영원히 눈먼 항구.
알타미라 동굴처럼 거대한 사원의 폐허처럼
굳어진 죽은 바다처럼 여자들은 누워 있다.
새들의 고향은 거기.
모래바람 부는 여자들의 내부엔
새들이 최초의 알을 까고 나온 탄생의 껍질과
죽음의 잔해가 탄피처럼 가득 쌓여 있다.
모든 것들이 태어나고 또 죽기 위해선
그 폐허의 사원과 굳어진 죽은 바다를 거쳐야만 한다.

최승자, 『즐거운 일기』(1984)

포스트잇

'가이아Gaia'는 그리스 신화에 나오는 대지의 여신이다. 만물의 어머니이자 창조의 어머니인 가이아가 여신인 데는 생명 창조의 능력을 지닌 여성의 특성과 무관하지 않을 것이다. 생명을 배태하는 여성 고유의 능력은 만물의 터전으로서 자연과 여성을 동일시하는 근거로 작용해왔다.* 또한 자연과 여성은 인간 중심의 세상, 남성 중심의 사회에서 부당한 억압과 착취의 대상이 되어왔다는 공통점을 지닌다. 에코페미니즘ecofeminism, 즉 생태여성주의는 지배 세력이 자연과 여성에게 가하는 억압의 구조가 다르지 않다는 인식에서 시작되었으며, 차별에 저항하는 약자의 목소리를 대변해왔다. 여성 시인들의 시에는 생태여성주의적인 사유가 내밀하게 자리 잡고 있으며, 자연에 대한 여성 특유의 감각과 여성적 시선의 생명 의식을 확인할 수 있다.

여성의 몸은 생명 창조의 능력과 연관되어 '흙' 또는 '물'의 이미지로 표현될 때가 많다. 흙이나 물은 생명이 발아하기 위해 필수 불가결한 조건이기 때문이다. 조은의 「따뜻한 흙」에서는 씨앗들이 묻어 와 떨어지지 않는 경험을 통해 여성의 몸에 대한 자각을 보여준다. "잉태의 기억도 생산의 기억도 없는" 몸이지만, 씨앗들이 떨어지지 않자 몸으

* 생태학자 샌드라 스타인그래버는 임신 후 자신의 자궁이 "아기의 서식 환경"으로서 "한 생명이 거주하는 육지 속의 바다"와 같다는 사실을 깨닫고, "내 몸 안의 생태계를 보호하려면 바깥 생태계를 먼저 보호해야 한다"며 미래 세대를 걱정하는 환경주의자로 활동하게 된다(『모성 혁명 – 아기를 지키기 위해 모성은 무엇을 해야 하는가?』, 김정은 옮김, 바다출판사, 2004, 7~8쪽). 이는 여성이 환경문제에 민감성을 갖고 환경 윤리에 실천적인 이유를 잘 보여주는 사례다.

로 흐르는 물길과 흙내를 감지하며 생명의 뿌리를 내리고 싶은 근원적 욕망을 발견하게 된다. 나희덕의 「뿌리에게」는 뿌리를 담아 감싸며 자신을 빈 그릇처럼 비워내는 "나"의 사랑을 그려낸다. 이 시에서도 여성적 화자인 "나"는 "그릇" 또는 "연한 흙"으로서 극진하게 생명을 품는다. 문정희의 「물을 만드는 여자」는 어머니가 딸에게 들려주는 이야기의 형식으로 여성의 몸이 지닌 풍부한 생명력을 표출한다. 여성이 지닌 "몸속의 강물"이 대지를 적시면 "푸른 생명들이 환호하는" 경이로운 현상을 통해 "대지의 어머니"라 할 여성의 권능을 드러낸다. 이진명의 「눈」에서 물의 이미지는 눈으로 변용되어 나타난다. 이 눈은 "어머니가 놓고 가버린 핏줄"과 연결되어 "빨갛게" 온다. 어머니의 사랑이 담긴 눈을 만난 화자의 눈앞에 "물안개"가 펼쳐지고, 그것은 다시 '눈물'이 되어 흐른다. 어머니에서 딸로 이어지는 핏줄과 사랑의 연대가 아름답게 그려진 시다.

여성 시인들은 몸의 감각에 유난히 민감해서, 가장 이성적인 감각인 시각 외에 다양한 감각을 활용하며 새로운 감성의 영역을 확장해왔다. 조용미의 「꽃 핀 오동나무 아래」는 "몸이 먼저 알고 저려온다" "흐느꼈던 것일까" "가슴이 뻐개어질 듯"에서처럼 시각과 청각 외에 직접적인 몸의 감각이 적극적으로 활용된다. 이렇듯 오동 꽃과 일체가 되는 몸의 감각을 통해 인간과 자연의 경계가 무화되는 경지를 펼쳐 보인다. 김선우의 「내 몸속에 잠든 이 누구신가」에서도 꽃의 몸과 하나가 되어 떨림과 아득함, 뜨거움을 느끼는 화자가 등장한다. 극도로 집중된 몸의 감각은 "꽃"과 "꽃벌," "그대"와 "나," 자연과 인간 사이의 구별이 없어지면

서 하나가 되는 체험을 가능하게 한다. 김명리의 「이 화창한 봄날」에서는 화창한 봄날의 봉분을 둘러싼 자연의 움직임이 다양한 감각으로 아름답고 섬세하게 펼쳐진다. 타오르고, 퉁탕거리는 듯 약동하던 생명이 어느새 아득하게 스러지는 모습에서 인간 삶의 명멸 과정을 함께 읽어내는 공감의 작용이 돋보인다. 허수경의 「말강 물 가재 사는 물」에서 "장군감"인 성구네 큰형과 "어깨 좁"고 "홀짝이기도 잘" 하는 성구는 확연히 대조적이다. "슬근슬근 눈치" 보다 "슬슬 기는" 가재를 잘 잡아내는 성구의 몸짓은 자연 친화적인데 반해 성구가 잡은 가재를 통째로 먹는 성구네 큰형은 폭력적으로 느껴진다. 가재에게 미안해 눈물이 글썽글썽해진 성구는 연민이나 돌봄과 같은 생태여성주의적 가치를 떠올리게 한다.

생명을 품고 돌보는 여성의 몸은 만물을 생육하는 자연의 원리와 흡사해, 자연과 동일시되는 경우가 많다. 정끝별의 「속 좋은 떡갈나무」에서는 속 빈 떡갈나무에 온갖 동식물이 깃들여 사는 형국을 그리고 있다. 연약한 생명의 거처로서 비바람을 막아주고 먹이를 제공하며 노래도 들려주는 속 빈 떡갈나무의 모습은 영락없이 아이들을 돌보는 어머니 같다. "한세월 잘 썩어내는 / 세상 모든 어미들 속"처럼 이 떡갈나무는 자신을 희생하며 생명에 헌신하는 모성의 상징에 가깝다. 최승자의 「여성에 관하여」에서는 탄생과 죽음의 근원적 거소로서 여성의 몸을 신화적 상상으로 펼쳐 보인다. "탄생의 껍질"과 "죽음의 잔해"가 가득한 "거대한 사원"처럼 묘사된 여성의 몸은 만물의 근원이자 궁극의 자리인 자연의 이미지와 일치한다. 여성 시인들은 특유의 감각적이고 직관적이며 관계 지향적인 사유의 방식으로 자연의 원리를 탐구함으로써 인간과 자연의 대립적 관계를 극복할 대안적 관점을 모색한다.

생각의 타래

1. 「따뜻한 흙」「뿌리에게」「물을 만드는 여자」 등의 시에서 여성의 몸을 '흙'으로 비유하는 이유는 무엇일까?

2. 「눈」에서 "눈"을 보며 "어머니"의 이미지를 떠올린 이유는 무엇일까? "어머니"를 떠올릴 수 있는 다른 자연현상에 대해서도 생각해보고, 그렇게 생각한 이유를 말해보자.

3. 「꽃 핀 오동나무 아래」「내 몸속에 잠든 이 누구신가」「이 화창한 봄날」 등의 시에서 표현된 것처럼 자연과 자신의 몸이 교감한 경험이 있는가? 있다면 그때의 느낌을 자세히 묘사해보자. 없다면 그 이유는 무엇인지 생각해보자.

4. 「말강 물 가재 사는 물」에서 성구가 가재에게 미안해하는 이유는 무엇일까?

5. 「속 좋은 떡갈나무」에서 "어미"로 비유하고 있는 자연과 자신이 생각하는 자연의 속성을 비교해보자.

6부

상생의 길

수라修羅

거미 새끼 하나 방바닥에 나린 것을 나는 아모 생각 없이 문밖으로 쓸어버린다
차디찬 밤이다

어니젠가 새끼 거미 쓸려 나간 곳에 큰 거미가 왔다
나는 가슴이 짜릿한다
나는 또 큰 거미를 쓸어 문밖으로 버리며
찬 밖이라도 새끼 있는 데로 가라고 하며 서러워한다

이렇게 해서 아린 가슴이 싹기도 전이다
어데서 좁쌀알만 한 알에서 가제 깨인 듯한 발이 채 서지도 못한 무척 적은 새끼 거미가 이번엔 큰 거미 없어진 곳으로 와서 아물거린다
나는 가슴이 메이는 듯하다
내 손에 오르기라도 하라고 나는 손을 내어미나 분명히 울고불고할 이 작은 것은 나를 무서우이 달어나버리며 나를 서럽게 한다
나는 이 작은 것을 고이 보드러운 종이에 받어 또 문밖으로 버리며

이것의 엄마와 누나나 형이 가까이 이것의 걱정을 하며 있다가 쉬이 만나기나 했으면 좋으련만 하고 슬퍼한다

백석, 『정본 백석 시집』(2007)

북해의 억새

정확히는 해안이 아니었어.
북해를 하염없이 내려다보고 있는 능선,
그 언덕에 핀 지천의 은빛 억새꽃이
며칠째 메아리의 날개를 내게 팔았지.
저녁 바람을 만나는 억새의 황홀을 정말 아니?

그래도 가을 한 자락이 황혼 쪽에 남았다고
암술과 수술을 구별하기 힘든 억새꽃이
뺨 위의 멍 자국만 남은 내게 다가와
만발한 집착은 버려야 한다고 중얼거렸다.

나는 왜 오래 장소에만 집착하며 살아왔는지,
내가 사는 곳에는 사철 열등감만 차 있고
눈이 올 듯 늘 어둡고 흐려야만 안심을 했지.
그래서 순천에서 만난 억새는 놀라움이었어.
북해에 살던 그 풀들도 친척이 된다는 말,
얼마나 내 묵은 심사를 편하게 해주었던지.

나는 이제 아무 데나 엎드려 잠잘 수 있다.

하루 종일 자유롭게 길 떠나는 씨를 안은 꽃,
꽃이라 부르기엔 눈치 보이던, 북해의
외딴 억새도 고향의 화사한 피의 형제라니!
저녁이면 음정이 같은 메아리가 된다니!

변하지 않는 시야에 서 있는 귀향의 끝,
평범하게 말없이 살자고 약속했던 그대여,
끝없는 추락까지 그리워하며 잠들던 그대여,
나도 안다, 우리는 아직 여행을 끝내지 않았다.
내가 찾던 평생의 길고 수척한 행복을 우연히
넓게 퍼진 수억의 낙화 속에서 찾았을 뿐이다.

마종기, 『하늘의 맨살』(2010)

꽃밭을 바라보는 일

저, 꽃밭에 스미는 바람으로
서걱이는 그늘로
편지글을 적었으면, 함부로 멀리 가는
사랑을 했으면, 그 바람으로
나는 레이스 달린 꿈도 꿀 수 있었으면,
꽃 속에 머무는 햇빛들로
가슴을 빚었으면 사랑의
밭은 처마를 이었으면
꽃의 향기랑은 몸을 섞으면서 그래 아직은
몸보단 영혼이 승한 나비였으면

내가 내 숨을 가만히 느껴 들으며
꽃밭을 바라보고 있는 일은
몸에, 도망 온 별 몇을
꼭 나처럼 가여워해 이내
숨겨주는 일 같네.

장석남, 『지금은 간신히 아무도 그립지 않을 무렵』(1995)

줄탁啐啄

저녁 몸속에
새파란 별이 뜬다
회음부에 뜬다
가슴 복판에 배꼽에
뇌 속에서도 뜬다

내가 타죽은
나무가 내 속에 자란다
나는 죽어서
나무 위에
조각달로 뜬다

사랑이여
탄생의 미묘한 때를
알려다오

껍질 깨고 나가리
박차고 나가
우주가 되리

부활하리.

김지하, 『중심의 괴로움』(1994)

우리가 물이 되어

우리가 물이 되어 만난다면
가문 어느 집에선들 좋아하지 않으랴.
우리가 키 큰 나무와 함께 서서
우르르 우르르 비 오는 소리로 흐른다면.

흐르고 흘러서 저물녘엔
저 혼자 깊어지는 강물에 누워
죽은 나무뿌리를 적시기도 한다면.
아아, 아직 처녀인
부끄러운 바다에 닿는다면.

그러나 지금 우리는
불로 만나려 한다.
벌써 숯이 된 뼈 하나가
세상에 불타는 것들을 쓰다듬고 있나니

만 리 밖에서 기다리는 그대여
저 불 지난 뒤에
흐르는 물로 만나자.

푸시시 푸시시 불 꺼지는 소리로 말하면서
올 때는 인적 그친
넓고 깨끗한 하늘로 오라.

강은교, 『허무집』(2006)

위대한 식사

산그늘 두꺼워지고 흙 묻은 연장들
허청에 함부로 널브러지고
마당가 매캐한 모깃불 피어오르는
다 늦은 저녁 멍석 위 둥근 밥상
식구들 말없는, 분주한 수저질
뜨거운 우렁된장 속으로 겁 없이
뛰어드는 밤새 울음,
물김치 속으로 비계처럼 둥둥
별 몇 점 떠 있고 냉수 사발 속으로
아, 새까맣게 몰려오는 풀벌레 울음
베어 문 풋고추의 독한,
까닭 모를 설움으로
능선처럼 불룩해진 배
트림 몇 번으로 꺼트리며 사립 나서면
태지봉 옆구리를 헉헉,
숨이 가쁜 듯 비틀대는
농주에 취한 달의 거친 숨소리
아, 그날의 위대했던 반찬들이여

이재무, 『위대한 식사』(2002)

숲

숲에 가보니 나무들은
제가끔 서 있더군
제가끔 서 있어도 나무들은
숲이었어
광화문 지하도를 지나며
숱한 사람들이 만나지만
왜 그들은 숲이 아닌가
이 메마른 땅을 외롭게 지나치며
낯선 그대와 만날 때
그대와 나는 왜
숲이 아닌가

정희성, 『저문 강에 삽을 씻고』(1978)

극빈

열무를 심어놓고 게을러
뿌리를 놓치고 줄기를 놓치고
가까스로 꽃을 얻었다 공중에
흰 열무꽃이 파다하다
채소밭에 꽃밭을 가꾸었느냐
사람들은 묻고 나는 망설이는데
그 문답 끝에 나비 하나가
나비가 데려온 또 하나의 나비가
흰 열무꽃잎 같은 나비 떼가
흰 열무꽃에 내려앉는 것이었다
가녀린 발을 딛고
3초씩 5초씩 짧게짧게 혹은
그네들에겐 보다 느슨한 시간 동안
날개를 접고 바람을 잠재우고
편편하게 앉아 있는 것이었다
설핏설핏 선잠이 드는 것만 같았다
발 딛고 쉬라고 내줄 곳이
선잠 들라고 내준 무릎이
살아오는 동안 나에겐 없었다

내 열무밭은 꽃밭이지만

나는 비로소 나비에게 꽃마저 잃었다

문태준, 『가재미』(2006)

손을 잡지 않는 펭귄 공동체

공동체의 이기심도
있다고 본다

공동체의 이기심 속에
뿔뿔이 흩어져 있는 이기심도
있다고 본다

펭귄들의 포옹이
어색한 것은
팔이 짧고
배가 너무 나왔기 때문이다

세상도 팔이 짧고
배가 너무 나왔다
나도 그렇다

남극 눈보라 속에
손을 잡지 않는 펭귄 공동체가 있다

저마다 홀로 서는
펭귄 공동체
뿔뿔이 흩어진 채 모여 사는 펭귄 공동체

최승호, 『방부제가 썩는 나라』(2018)

여름에 대한 한 기록

나는 한 아름다운 집을 기억합니다
여름에 그 집은 더욱 아름다웠고 하염없었습니다
그 집은 내가 오랫동안 살았던 도시의 한 동네
막다른 길 끝에 있었습니다
산책을 좋아하는 나는 한여름에도 동네 길을 오릅니다
그 집은 동네에서 제일 야트막했고
제일 헐어 보였습니다
기와지붕은 비닐로 덧대고 돌로 눌러놓았습니다
대문은 나무로 짠 구식이었는데
하늘색 칠이 거의 벗겨진 채였습니다
이 집 사람들은 기와 고칠 염도
대문을 새로 칠할 염도 내지 않으려나 봅니다
그렇게 여름날의 산책에서 그 집을 처음 보았습니다
집 모양새에 비해 뒤 터는 아주 넓었습니다
주위의 새로 지은 이층집 덩치들도
그 넓은 뒤 터는 막지 못했습니다
무 배추 상추 쑥갓 시금치 파 고추
뒤 터는 내가 헤아릴 수 있는 이름의 푸른 것들이 한껏 일궈져 있었습니다

담장에 붙어 까치발을 하면 그것들을 다 읽을 수 있었습니다
아마 그 집의 노인네였을 테지요
양손에 호미와 물뿌리개를 나눠 든 노인네
호미와 물뿌리개를 놓고 다시
저쪽 가에서 물 대는 호스를 끌고 오는 노인네
노인네는 구부정한 등 펴는 법 없어
담장에 붙어 선 나와 마주친 적 없습니다
한여름 내내 쉬는 날의 산책은 그 집을 향했습니다
동네의 막다른 길 끝
그러나 뒤 터 한쪽은 하늘까지라도 뚫렸지요
푸른 것들의 이름을 읽으려
담장에 붙어 까치발 하곤 하던 나날
노인네 안 보이면
햇빛 아래 놓여진 빈 물뿌리개
푸른 것들 속에 끌어당겨진 호스를 대신 보았습니다
상추 시금치 쑥갓…… 하고 읽어가다가
담 밑 어느 곁에 놓여진
그물끈이 풀어졌을 그물의자를 대신 보았습니다
그물의자 등에 수건이 걸쳐져 있는 것을 대신 보았습니다

여름 햇빛은 그 집의 뒤 터에서 언제까지나
언제까지나 쏟아지는 이미지처럼
담장에 매달린 내 얼굴은 그 여름 내내
사과알로 발갛게 만들어져갔습니다

이진명, 『집에 돌아갈 날짜를 세어보다』(1994)

초록의 길

때때로 가벼운 주검이
아주 가까운 데서 만져지는 수가 있다.
11월의 오후, 차고 마른 풀잎들이 모여 있는
도시 변두리 또는 도심의 공터의
푸른빛이 먼지와 함께 흩어지는 곳에서.

방아깨비 한 마리를 내가 사는 아파트의 빈터에서 서성대다 발견했다. 아이들의 노랫소리 가까이 그 주검은 아무도 몰래 버려져 있었다. 바랭이 풀의 마른 잎 사이에서 서걱이는 것을, 처음에 나는 빈터 멀리서 날아온 은사시나무 가로수의 마른 잎인 줄 알았다. 그것은 속날개였다. 바깥을 덮었던 초록 외피의 튼튼한 겉날개는 떨어져 나가고, 속날개는 끝이 찢긴 채 몸체에 겨우 붙어 바람에 미세하게 흔들렸다. 흡사 죽어간 방아깨비의 몸을 떠나, 방아깨비의 초록 영혼을 이 도시의 하늘 위로 날리려는 것처럼. 통통했던, 미세한 물결무늬로 마디를 이루었던 배는 벌레에게 뜯겨 나가, 속이 비어 있었다. 머리 역시 반쯤 뜯겨 나가, 속이 비어 있었다. 껍질뿐인 몸으로 바람에 조금씩 날개 파닥이며 닳아갔다. 우리가 사는 도시의 밑바닥에는 칼날의 바람이 끊임없이 불어댔다. 나는 풀밭을 계속 걸어 다녔다. 잠시

후 풀숲 아래서 풀무치의 주검을 보았다. 이어서 여치와 잠자리의 주검들을 보았다. 그러나 이 주검들 앞에서 애통해할 까닭은 없다.

가난하게 떨어져 땅에 눕는
내 시간의 따스한 집이여 주검이여
살아 있던 날들의 모든 기억을 고마워하며
우리 함께 여기에 눕느니
내 존재의 끝이자 시작인 너의 가슴에
지금 고요히 누워 있으니

풀무치와 방아깨비, 여치, 잠자리 들은 그들의 빛나는 날개로 여름을 분주히 날았고, 어쩌다 이곳까지 왔었고, 죽을 때가 되어서 죽은 것이다. 그 이상은 아무것도 아니다. 다만 이 아파트의 가까운 이웃이 죽었을 때, 애통해하는 가족들의 울음 속으로 여치 울음이 끊임없이 들렸음을 나는 슬퍼한다. 죽은 이는 밧줄에 묶여 지상에 내려가 장의차를 타고 도심을 빠져나갔다, 이 도시와 산을 눈물로 이은 길을 만들면서. 또 나는, 사랑하는 이를 그릴 때 풀벌레의 울음을 끊임없이 들어야 하는 길고 고적한

밤도 보냈다. 내가 발견한 풀벌레의 주검들은 그때 내 영혼을 흔들던 그것들이었으리라. 지금은 모든 풀벌레 소리도 끊기고, 밤은 너무나 고요하다. 모든 풀벌레들의 울음은 죽었다. 그러나 나는 그것들 하나하나가 온 길을 비로소 찾아 나설 마음이 인다. 풀무치는 초록의 길을 따라, 산이나 들에서 이 도시의 깊은 곳으로 왔다. 처음엔 들판에서 쉽게 이어진 초록의 길이 도시 변두리의 빈터로 이어졌으리라. 그다음엔 우리가 모르는 풀에서 풀로 이어진 길이 풀무치를 미세하게 이끌었으리라. 그렇다, 이 도심의 회색 콘크리트의 세계에도 자세히 보면 — 풀무치의 눈으로 보면 — 들과 산으로 이어진 초록의 길이 있다. 아무도 찾으려 하지 않는 그런 신비한 길이. 단순하게 자연이라 단정 지을 수는 없지만 우리 삶 속에는 그렇게 열린 길이 있다.

이하석, 『고추잠자리』(1997)

포스트잇

오늘날 전 지구적 문제로 부상하고 있는 자연 파괴를 막기 위해서는 자연과 인간, 인간과 인간 사이의 '관계'를 새롭게 정립할 필요가 있다. 경쟁과 착취의 관계에서 이해와 협력의 관계로 전환해 상생을 도모하지 않고서는, 공멸의 위험을 피하기 힘들다. 만물이 평등하며 조화 속에 하나를 이루고 있다고 보는 화엄 사상 등 인류의 오랜 지혜를 되살리고, 인간을 자연의 지배자가 아닌 생명 공동체의 평범한 일원으로 파악하는 생태학적 인식의 전환이 필요하다.

자연을 이루는 무수한 생명은 제각기 존재하는 동시에 그물처럼 연결되어 거대한 하나의 전체를 형성한다. 다른 생명들이 자신과 연결되어 있다는 생각은 서로 존중하고 화합할 수 있는 바탕을 이룬다. 백석의 「수라」에서 화자는 뿔뿔이 흩어진 거미 가족을 차례로 만나며 이산의 아픔을 연민한다. 거미 또한 사람과 다를 바 없는, 슬픔과 고통을 느끼는 귀중한 생명체라는 정서적 동질감이 배려와 돌봄 같은 자율적 참여를 이끌어낸다. 마종기의 「북해의 억새」에서 화자는 "순천에서 만난 억새"와 "북해의 / 외딴 억새"가 서로 다르지 않은 "피의 형제"라는 사실을 깨닫고, 장소에 대한 집착에서 벗어나 위안을 얻는다. 장석남의 「꽃밭을 바라보는 일」에서 화자는 "도망 온 별 몇"을 가여워하며 숨겨주는 동질감을 드러낸다. 빅뱅 이론에 의하면 모든 생명은 138억 년 전 대폭발로 탄생한 우주의 일원으로, 지구의 공기와 바다 그리고 바위에서 비롯되었다 한다. 그렇다면 지구나 달이나 모래나 석탄이나 인간이나 다 같은 돌의 성분으로 이루어진 셈이니, 별과 인간은 하나의 뿌리에서 출발했다고 할 수 있다. 따라서 지구의 모든 생명체가 한

형제라 해도 과언이 아니다.

인간과 비인간 생명의 긴밀한 연관성은 우주의 순환 작용을 떠올릴 때 더욱 분명하게 다가온다. 김지하의 「줄탁」은 죽은 몸이 새롭게 태어나는 "탄생의 미묘한 때"를 '줄탁'의 비유로 절묘하게 포착한다. 병아리가 껍질을 깨고 새로운 세상으로 나가는 것처럼, 몸이 죽음 이후에 우주의 또 다른 생명체로 변환된다는 순환론적 관점은 생명 공동체의 조화와 구성원들의 긴밀한 관계를 함축적으로 보여준다. 강은교의 「우리가 물이 되어」에서는 물을 통한 재생과 치유의 가능성을 제시한다. 비가 되어 대기를 적시고 강물과 바다로 끊임없이 흐르는 물은 그 자체로 생명의 연속성과 순환성을 내포한다. 물은 불을 통한 소멸과 정화의 과정을 넘어서 시원과도 같은 생명의 숨결을 열어놓는다. 이재무의 「위대한 식사」에 나오는 "멍석 위 둥근 밥상"은 인간의 생명과 직결되는 음식의 제유*다. 밥상으로 뛰어드는 온갖 자연물은 인간의 살과 삶으로 섞여 하나가 되는 생명 공동체를 환기한다.

생태적 관점에서 자연과 인간, 인간과 인간 사이의 상생과 화합이 당연하게 여겨지는 것과 달리, 실제로 생명 공동체의 일원으로서 삶을 실천하는 일은 쉽지 않다. 정희성이 「숲」에서 보여주듯, 숲의 나무들이 제가끔 달리 서 있으면서도 숲을 이루는 것과 달리 사람들은 좀처럼 숲을 이루

* 제유는 같은 종류의 사물 중에서 어느 한 부분으로 전체를 나타내는 비유법이다. "멍석 위 둥근 밥상"에서는 "멍석"으로 삶의 터전을, "밥상"으로 일용할 양식을 표현하고 있다.

지 못한다. 문태준의 「극빈」에서도 화자는 이웃에게 편안히 무릎을 내주는 자연처럼 살지 못했다는 씁쓸한 고백을 한다. 자연이 서로 의지하며 충일해지는 것과 대조적으로, 인간이 많은 것을 소유하고도 "극빈"의 감정을 느끼는 것은 자기 자신을 벗어나지 못하기 때문일 것이다. 최승호의 「손을 잡지 않는 펭귄 공동체」에서 묘사되는 "펭귄 공동체"는 '인간 공동체'와 흡사하다. 팔이 너무 짧고 몸은 너무 뚱뚱해서 차가운 남극의 눈보라 속에서도 서로 손을 잡지 못하는 펭귄처럼, 저마다의 이기심과 탐욕으로 고립되어 있는 인간들도 공동체의 온기를 나누지 못하고 힘겨워한다.

"생태학은 당면한 환경 위기의 극복과 더불어 새로운 미래 사회 환경을 열어가는 비전을 제시하고 또 이를 실현시키기 위한 실천을 전제로 하고 있다."* 미래의 생태 환경을 고려할 때 인구 대다수의 삶이 펼쳐지는 도시의 생태는 각별한 관심을 요한다. 도시에서 인간과 자연이 조화롭게 상생하기 위해서는 도시 환경과 인간의 상호작용을 면밀하게 관찰하고 지속적으로 공존의 방안을 모색해야 한다. 이진명의 「여름에 대한 한 기록」에서는 도시의 한 동네에서 막다른 길 끝에 있는 "아름다운 집"을 세밀하게 묘사한다. "푸른 것들이 한껏 일궈져 있"는 그 집의 뒤 터는 도시의 오아시스처럼 화자의 주의를 끈다. 이하석의 「초록의 길」 역시 도시의 공터에 있는 푸른빛에 주목한다. 시인은 "도심의 회색 콘크리트의 세계에도 자세히 보면—풀무치의 눈으로 보면—들과 산으로 이어진 초록의 길이 있다"고 하며 우리

* 최병두, 『환경갈등과 불평등』, 한울, 1999, 471~472쪽.

의 미래를 열어줄 "초록의 길"을 찾아낸다. 그것은 "풀무치의 눈," 즉 작은 생명체의 눈으로 보아야 드러나는 길로서 자연에서 멀어지기 쉬운 도시에서는 더더욱 자연을 향한 섬세한 관심과 배려가 필요하다는 통찰을 담고 있다. 우리의 삶을 위협하는 생태계의 위기를 극복하고 지속 가능한 미래를 열어가기 위해서는, 이런 작은 생명체에 관심을 기울이는 일부터 시작해야 하지 않을까?

생각의 타래

1. 「수라」의 화자는 거미 가족을 대하며 "짜릿한다" "서러워한다" "가슴이 메이는 듯하다" "슬퍼한다" 등의 다양한 감정을 표출한다. 이런 감정을 느끼는 이유를 생태학적 관점에서 분석해보자.

2. 「줄탁」의 제목은 '줄탁동시啐啄同時'라는 고사성어에서 따온 것이다. '줄'은 병아리가 알을 깨고 나오기 위해 안에서 껍질을 쪼는 것을, '탁'은 그와 동시에 암탉이 밖에서 껍질을 쪼는 것을 뜻한다. 서로 도와야 어떤 일을 순조롭게 이룬다는 뜻이다. 이 시에서 표현된 줄탁의 관계를 설명하고, 그 생태학적 의미를 생각해보자.

3. 「위대한 식사」에는 우렁된장, 물김치, 풋고추 등의 반찬이 등장한다. 자신이 좋아하는 반찬은 무엇인지 떠올려보고, 그 반찬이 어떤 경로로 식탁에 오르는지 자세히 추적해보자.

4. 「숲」의 화자는 나무들은 숲이지만 사람들은 숲이 아니라고 한다. 그렇게 생각하는 이유는 무엇일까? 또 화자의 생각에 동의하는지, 동의하지 않는지를 밝히고 그 이유를 말해보자.

5. 「손을 잡지 않는 펭귄 공동체」에서 묘사된 펭귄의 이미지를 참조해, 자신이 좋아하는 동물이 공동체 생활에서 보이는 습성을 조사해보고, 인간 사회와 비교해보자.

6. 도시에서 '초록의 길'을 발견한 경험이 있는가? 그때의 상황과 느낌을 묘사해보자. 나아가 도시의 삶과 자연이 조화를 이루는 좋은 예를 찾아보자.

지은이 약력(가나다순)

강성은 2005년 『문학동네』를 통해 작품 활동을 시작했다. 시집으로 『구두를 신고 잠이 들었다』 『단지 조금 이상한』 『Lo-fi』 『별일 없습니다 이따금 눈이 내리고요』 등이 있다.

강은교 1968년 『사상계』를 통해 작품 활동을 시작했다. 시집으로 『허무집』 『풀잎』 『빈자일기』 『소리집』 『등불 하나가 걸어오네』 『시간은 주머니에 은빛 별 하나 넣고 다녔다』 『어느 별에서의 하루』 『오늘도 너를 기다린다』 『붉은 강』 『벽 속의 편지』 『초록 거미의 사랑』 『네가 떠난 후에 너를 얻었다』 『바리연가집』 『아직도 못 만져본 슬픔이 있다』 등이 있다.

고진하 1987년 『세계의 문학』을 통해 작품 활동을 시작했다. 시집으로 『지금 남은 자들의 골짜기엔』 『프란체스코의 새들』 『우주배꼽』 『얼음수도원』 『거룩한 낭비』 『명랑의 둘레』 등이 있다.

고형렬 1979년 『현대문학』을 통해 작품 활동을 시작했다. 시집으로 『대청봉 수박밭』 『해청』 『해가 떠올라 풀이슬을 두드리고』 『사진리 대설』 『바닷가의 한 아이에게』 『마당식사가 그립다』 『성에꽃 눈부처』 『김포 운호가든집에서』 『밤 미시령』 『나는 에르덴조 사원에 없다』 『유리체를 통과하다』 『지구를 이승이라 불러줄까』 『아무도 찾아오지 않는 거울이다』 『오래된 것들을 생각할 때에는』 등이 있다.

공광규 1986년 『동서문학』을 통해 작품 활동을 시작했다. 시집으로 『담장을 허물다』 『서사시 금강산』 『서사시 동해』 등이 있다.

김광규 1975년 『문학과지성』을 통해 작품 활동을 시작했다. 시집으로 『우리를 적시는 마지막 꿈』 『아니다 그렇지 않다』 『크낙산의 마음』 『좀팽이처럼』 『아니리』 『물길』 『가진 것 하나도 없지만』 『처음 만나던 때』

『시간의 부드러운 손』『하루 또 하루』『오른손이 아픈 날』 등이 있다.

김기택 1989년 『한국일보』 신춘문예를 통해 작품 활동을 시작했다. 시집으로 『태아의 잠』『바늘구멍 속의 폭풍』『사무원』『소』『껌』『갈라진다 갈라진다』『울음소리만 놔두고 개는 어디로 갔나』 등이 있다.

김명리 1984년 『현대문학』을 통해 작품 활동을 시작했다. 시집으로 『물 속의 아틀라스』『물보다 낮은 집』『적멸의 즐거움』『불멸의 샘이 여기 있다』『제비꽃 꽃잎 속』 등이 있다.

김명수 1977년 『서울신문』 신춘문예를 통해 작품 활동을 시작했다. 시집으로 『월식』『하급반 교과서』『피뢰침과 심장』『침엽수 지대』『바다의 눈』『아기는 성이 없고』『가오리의 심해』『수자리의 노래』『곡옥』『언제나 다가서는 질문같이』 등이 있다.

김명인 1973년 『중앙일보』 신춘문예를 통해 작품 활동을 시작했다. 시집으로 『동두천』『머나먼 곳 스와니』『물 건너는 사람』『푸른 강아지와 놀다』『바닷가의 장례』『길의 침묵』『바다의 아코디언』『파문』『꽃차례』『여행자 나무』『기차는 꽃그늘에 주저앉아』『이 가지에서 저 그늘로』 등이 있다.

김선우 1996년 『창작과비평』을 통해 작품 활동을 시작했다. 시집으로 『내 혀가 입 속에 갇혀 있길 거부한다면』『도화 아래 잠들다』『내 몸속에 잠든 이 누구신가』『나의 무한한 혁명에게』『녹턴』『내 따스한 유령들』 등이 있다.

김지하 1969년 『시인』을 통해 작품 활동을 시작했다. 시집으로 『타는 목마름으로』『황토』『애린』『검은 산 하얀 방』『이 가문 날에 비구름』『별밭을 우러르며』『중심의 괴로움』『빈 산』『화개』『유목과 은둔』『새벽강』『비단길』 등이 있다.

김행숙 1999년 『현대문학』을 통해 작품 활동을 시작했다. 시집으로 『사춘기』 『이별의 능력』 『타인의 의미』 『에코의 초상』 『무슨 심부름을 가는 길이니』 등이 있다.

김형영 1966년 『문학춘추』와 1967년 문공부 신인 예술상을 통해 작품 활동을 시작했다. 시집으로 『침묵의 무늬』 『모기들은 혼자서도 소리를 친다』 『다른 하늘이 열릴 때』 『기다림이 끝나는 날에도』 『새벽달처럼』 『홀로 울게 하소서』 『낮은 수평선』 『나무 안에서』 『땅을 여는 꽃들』 『화살시편』 등이 있다. 2021년 작고했다.

김혜순 1979년 『문학과지성』을 통해 작품 활동을 시작했다. 시집으로 『또 다른 별에서』 『아버지가 세운 허수아비』 『어느 별의 지옥』 『우리들의 음화』 『나의 우파니샤드, 서울』 『불쌍한 사랑 기계』 『달력 공장 공장장님 보세요』 『한 잔의 붉은 거울』 『당신의 첫』 『슬픔치약 거울크림』 『피어라 돼지』 『죽음의 자서전』 『날개 환상통』 등이 있다.

나희덕 1989년 『중앙일보』 신춘문예를 통해 작품 활동을 시작했다. 시집으로 『뿌리에게』 『그 말이 잎을 물들였다』 『그곳이 멀지 않다』 『어두워진다는 것』 『사라진 손바닥』 『야생사과』 『말들이 돌아오는 시간』 『파일명 서정시』 『가능주의자』 등이 있다.

마종기 1959년 『현대문학』을 통해 작품 활동을 시작했다. 시집으로 『조용한 개선』 『두번째 겨울』 『변경의 꽃』 『안 보이는 사랑의 나라』 『모여서 사는 것이 어디 갈대들뿐이랴』 『그 나라 하늘빛』 『이슬의 눈』 『새들의 꿈에서는 나무 냄새가 난다』 『우리는 서로 부르고 있는 것일까』 『하늘의 맨살』 『마흔두 개의 초록』 『천사의 탄식』 등이 있다.

문정희 1969년 『월간문학』을 통해 작품 활동을 시작했다. 시집으로 『문정희 시집』 『새떼』 『혼자 무너지는 종소리』 『찔레』 『하늘보다 먼 곳에 매인 그네』 『별이 뜨면 슬픔도 향기롭다』 『남자를 위하여』 『오라, 거짓 사랑아』『양귀비꽃 머리에 꽂고』『나는 문이다』『다산의 처녀』『응』『작가의 사랑』 등이 있다.

문태준 1994년 『문예중앙』을 통해 작품 활동을 시작했다. 시집으로 『수런거리는 뒤란』『맨발』『가재미』『그늘의 발달』『먼 곳』『우리들의 마지막 얼굴』『내가 사모하는 일에 무슨 끝이 있나요』 등이 있다.

박용하 1989년 『문예중앙』을 통해 작품 활동을 시작했다. 시집으로 『나무들은 폭포처럼 타오른다』『바다로 가는 서른세번째 길』『영혼의 북쪽』『견자』『한 남자』 등이 있다.

박태일 1980년 『중앙일보』 신춘문예를 통해 작품 활동을 시작했다. 시집으로 『그리운 주막』『가을 악견삭』『약쑥 개쑥』『풀나라』『달래는 몽골말로 바다』『옥비의 달』 등이 있다.

백　석 1912년 평안북도 정주에서 태어났다. 1930년 『조선일보』 신년 현상문예에 소설 「그 모母와 아들」이 당선되고, 1935년 『조선일보』에 시 「정주성」을 발표하며 작품 활동을 시작했다. 시집으로 『사슴』이 있다. 1996년 작고한 것으로 전해진다.

성찬경 1956년 『문학예술』을 통해 작품 활동을 시작했다. 시집으로 『화형둔주곡』『벌레소리 송』『시간음』『반투명』『묵극』『거리가 우주를 장난감으로 만든다』 등이 있다. 2013년 작고했다.

송찬호 1987년 『우리 시대의 문학』을 통해 작품 활동을 시작했다. 시집으로 『흙은 사각형의 기억을 갖고 있다』『10년 동안의 빈 의자』『붉은 눈, 동백』『고양이가 돌아오는 저녁』『분홍 나막신』 등이 있다.

신경림 1956년 『문학예술』을 통해 작품 활동을 시작했다. 시집으로 『농무』『새재』『달 넘세』『남한강』『가난한 사랑노래』『길』『쓰러진 자의 꿈』

『어머니와 할머니의 실루엣』『뿔』『낙타』『사진관집 이층』 등이 있다.

신용목 2000년 『작가세계』를 통해 작품 활동을 시작했다. 시집으로 『그 바람을 다 걸어야 한다』『바람의 백만번째 어금니』『아무 날의 도시』『누군가가 누군가를 부르면 내가 돌아보았다』『나의 끝 거창』『비에 도착하는 사람들은 모두 제시간에 온다』 등이 있다.

오규원 1968년 『현대문학』을 통해 작품 활동을 시작했다. 시집으로 『분명한 사건』『순례』『왕자가 아닌 한 아이에게』『이 땅에 씌어지는 서정시』『가끔은 주목받는 생이고 싶다』『사랑의 감옥』『길, 골목, 호텔 그리고 강물소리』『토마토는 붉다 아니 달콤하다』『새와 나무와 새똥 그리고 돌멩이』『두두』(유고시집) 등이 있다. 2007년 작고했다.

이기인 2000년 『경향신문』 신춘문예를 통해 작품 활동을 시작했다. 시집으로 『알쏭달쏭 소녀백과사전』『어깨 위로 떨어지는 편지』『혼자인 걸 못 견디죠』 등이 있다.

이문재 1982년 『시운동』을 통해 작품 활동을 시작했다. 시집으로 『내 젖은 구두 벗어 해에게 보여줄 때』『산책시편』『마음의 오지』『제국호텔』『지금 여기가 맨 앞』『혼자의 넓이』 등이 있다.

이성선 1970년 『문화비평』을 통해 작품 활동을 시작했다. 시집으로 『시인의 병풍』『몸은 지상에 묶여도』『나의 나무가 너의 나무에게』『별이 비치는 지붕』『별까지 가면 된다』『절정의 노래』『벌레 시인』『산시』『내 몸에 우주가 손을 얹었다』 등이 있다. 2001년 작고했다.

이승하 1984년 『중앙일보』 신춘문예를 통해 작품 활동을 시작했다. 시집으로 『사랑의 탐구』『우리들의 유토피아』『폭력과 광기의 나날』『생명에서 물건으로』『뼈아픈 별을 찾아서』『인간의 마을에 밤이 온다』『취하면 다 광대가 되는 법이지』『천상의 바람, 지상의 길』『불의 설법』

『감시와 처벌의 나날』『아픔이 너를 꽃피웠다』『나무 앞에서의 기도』『생애를 낭송하다』『예수·폭력』 등이 있다.

이 원 1992년『세계의 문학』을 통해 작품 활동을 시작했다. 시집으로『그들이 지구를 지배했을 때』『야후!의 강물에 천 개의 달이 뜬다』『세상에서 가장 가벼운 오토바이』『불가능한 종이의 역사』『사랑은 탄생하라』『나는 나의 다정한 얼룩말』 등이 있다.

이재무 1983년『삶의 문학』을 통해 작품 활동을 시작했다. 시집으로『섣달 그믐』『온다던 사람 오지 않고』『벌초』『몸에 피는 꽃』『시간의 그물』『위대한 식사』『푸른 고집』『저녁 6시』『경쾌한 유랑』『슬픔에게 무릎을 꿇다』『슬픔은 어깨로 운다』『데스밸리에서 죽다』 등이 있다.

이정록 1989년『대전일보』 신춘문예, 1993년『동아일보』 신춘문예를 통해 작품 활동을 시작했다. 시집으로『벌레의 집은 아늑하다』『풋사과의 주름살』『버드나무 껍질에 세들고 싶다』『제비꽃 여인숙』『의자』『정말』『어머니학교』『아버지학교』『눈에 넣어도 아프지 않은 것들의 목록』『까짓것』『동심언어사전』『아직 오지 않은 나에게』 등이 있다.

이진명 1990년『작가세계』를 통해 작품 활동을 시작했다. 시집으로『밤에 용서라는 말을 들었다』『집에 돌아갈 날짜를 세어보다』『단 한 사람』『세워진 사람』 등이 있다.

이하석 1971년『현대시학』을 통해 작품 활동을 시작했다. 시집으로『투명한 속』『김씨의 옆얼굴』『우리 낯선 사람들』『측백나무 울타리』『금요일엔 먼데를 본다』『녹』『고령을 그리다』『것들』『상응』『연애 間』『천둥의 뿌리』『향촌동 랩소디』 등이 있다.

이형기 1950년『문예』를 통해 작품 활동을 시작했다. 시집으로『적막강산』『돌베개의 시』『꿈꾸는 한발』『풍선심장』『보물섬의 지도』『죽지 않는 도시』『절벽』 등이 있다. 2005년 작고했다.

장석남 1987년 『경향신문』 신춘문예를 통해 작품 활동을 시작했다. 시집으로 『새떼들에게로의 망명』 『지금은 간신히 아무도 그립지 않을 무렵』 『젖은 눈』 『왼쪽 가슴 아래께에 온 통증』 『미소는, 어디로 가시려는가』 『뺨에 서쪽을 빛내다』 『고요는 도망가지 말아라』 『꽃 밟을 일을 근심하다』 등이 있다.

장영수 1973년 『문학과지성』을 통해 작품 활동을 시작했다. 시집으로 『메이비』 『시간은 이미 더 높은 곳에서』 『나비 같은, 아니아니, 빛 같은』 『한없는 밑바닥에서』 『그가 말했다』 『푸른빛의 비망록』 등이 있다.

정끝별 1988년 『문학사상』에 시를 발표하며 작품 활동을 시작했다. 시집으로 『자작나무 내 인생』 『흰 책』 『삼천갑자 복사빛』 『와락』 『은는이가』 『봄이고 첨이고 덤입니다』 등이 있다.

정일근 1984년 『실천문학』과 1985년 『한국일보』 신춘문예를 통해 작품 활동을 시작했다. 시집으로 『바다가 보이는 교실』 『유배지에서 보내는 정약용의 편지』 『그리운 곳으로 돌아보라』 『처용의 도시』 『경주 남산』 『누구도 마침표를 찍지 못한다』 『오른손잡이의 슬픔』 『마당으로 출근하는 시인』 『착하게 낡은 것의 영혼』 『기다린다는 것에 대하여』 『방!』 『소금 성자』 『저녁의 고래』 등이 있다.

정한아 2006년 『현대시』를 통해 작품 활동을 시작했다. 시집으로 『어른스런 입맞춤』 『울프 노트』 등이 있다.

정현종 1965년 『현대문학』을 통해 작품 활동을 시작했다. 시집으로 『사물의 꿈』 『나는 별아저씨』 『떨어져도 튀는 공처럼』 『사랑할 시간이 많지 않다』 『한 꽃송이』 『세상의 나무들』 『갈증이며 샘물인』 『견딜 수 없네』 『광휘의 속삭임』 『그림자에 불타다』 등이 있다.

정희성 1970년 『동아일보』 신춘문예를 통해 작품 활동을 시작했다. 시집으로 『답청』 『저문 강에 삽을 씻고』 『한 그리움이 다른 그리움에게』 『시를 찾아서』 『돌아다보면 문득』 『그리운 나무』 『흰 밤에 꿈꾸다』 등이 있다.

조용미 1990년 『한길문학』을 통해 작품 활동을 시작했다. 시집으로 『불안은 영혼을 잠식한다』 『일만 마리 물고기가 산을 날아오르다』 『삼베옷을 입은 자화상』 『나의 별서에 핀 앵두나무는』 『기억의 행성』 『나의 다른 이름들』 『당신의 아름다움』 등이 있다.

조 은 1988년 『세계의 문학』을 통해 작품 활동을 시작했다. 시집으로 『땅은 주검을 호락호락 받아주지 않는다』 『무덤을 맴도는 이유』 『따뜻한 흙』 『생의 빛살』 『옆 발자국』 등이 있다.

천양희 1965년 『현대문학』을 통해 작품 활동을 시작했다. 시집으로 『신이 우리에게 묻는다면』 『사람 그리운 도시』 『하루치의 희망』 『마음의 수수밭』 『오래된 골목』 『너무 많은 입』 『나는 가끔 우두커니가 된다』 『새벽에 생각하다』 『지독히 다행한』 등이 있다.

최문자 1982년 『현대문학』을 통해 작품 활동을 시작했다. 시집으로 『귀 안에 슬픈 말 있네』 『나는 시선 밖의 일부이다』 『울음소리 작아지다』 『나무 고아원』 『그녀는 믿는 버릇이 있다』 『사과 사이사이 새』 『파의 목소리』 『우리가 훔친 것들이 만발한다』 등이 있다.

최승자 1979년 『문학과지성』을 통해 작품 활동을 시작했다. 시집으로 『이 시대의 사랑』 『즐거운 일기』 『기억의 집』 『내 무덤, 푸르고』 『연인들』 『쓸쓸해서 머나먼』 『물 위에 씌어진』 『빈 배처럼 텅 비어』 등이 있다.

최승호 1977년 『현대시학』을 통해 작품 활동을 시작했다. 시집으로 『대설주의보』 『고슴도치의 마을』 『진흙소를 타고』 『세속도시의 즐거움』 『회

저의 밤』『반딧불 보호구역』『눈사람』『여백』『그로테스크』『모래인간』『아무것도 아니면서 모든 것인 나』『고비』『북극 얼굴이 녹을 때』『아메바』『허공을 달리는 코뿔소』『방부제가 썩는 나라』 등이 있다.

함민복 1988년 『세계의 문학』을 통해 작품 활동을 시작했다. 시집으로 『우울씨의 일일』『자본주의의 약속』『모든 경계에는 꽃이 핀다』『말랑말랑한 힘』『눈물을 자르는 눈꺼풀처럼』 등이 있다.

함성호 1990년 『문학과사회』를 통해 작품 활동을 시작했다. 시집으로 『56억 7천만 년의 고독』『성 타즈마할』『너무 아름다운 병』『키르티무카』『타지 않는 혀』 등이 있다.

허수경 1987년 『실천문학』을 통해 작품 활동을 시작했다. 시집으로 『슬픔만한 거름이 어디 있으랴』『혼자 가는 먼 집』『내 영혼은 오래되었으나』『청동의 시간 감자의 시간』『빌어먹을, 차가운 심장』『누구도 기억하지 않는 역에서』 등이 있다. 2018년 10월 지병으로 별세하여 뮌스터에 묻혔다.

황동규 1958년 『현대문학』을 통해 작품 활동을 시작했다. 시집으로 『어떤 개인 날』『비가』『태평가』『열하일기』『나는 바퀴를 보면 굴리고 싶어진다』『악어를 조심하라고?』『몰운대행』『미시령 큰바람』『풍장』『외계인』『버클리풍의 사랑 노래』『우연에 기댈 때도 있었다』『꽃의 고요』『겨울밤 0시 5분』『사는 기쁨』『연옥의 봄』『오늘 하루만이라도』 등이 있다.

황인숙 1984년 『경향신문』 신춘문예를 통해 작품 활동을 시작했다. 시집으로 『새는 하늘을 자유롭게 풀어놓고』『슬픔이 나를 깨운다』『우리는 철새처럼 만났다』『나의 침울한, 소중한 이여』『자명한 산책』『리스본행 야간열차』『못다 한 사랑이 너무 많아서』『아무 날이나 저녁때』 등이 있다.